LAS AVENTURAS DE HÉCTOR

2

PEDRO CASALS

El enigma de las monedas de oro

ADAPTACIÓN PEDAGÓGICA

Ben Christensen

San Diego State University

Heinle & Heinle Publishers

A Division of Wadsworth, Inc.

Boston, Massachusetts 02116

Vice President and Publisher: **Stanley J. Galek**
Editorial Director: **Carlos Davis**
Production Editor: **Patrice Titterington**
Editorial Production Manager: **Elizabeth Holthaus**
Manufacturing Coordinator: **Jerry Christopher**
Project Manager: **Sharon Buzzell Inglis**
Internal Design: **Barbara Goodchild**
Cover Design: **Alan Bortman**

Casals Aldama, Pedro, 1944-
El enigma de las monedas de oro / Pedro Casals ; adaptación pedagógica, Ben Christensen.
p. cm. -- (Las Aventuras de Héctor ; 2)
ISBN 0-8384-2551-8
1. Spanish language--Readers. I. Christensen, Clay Benjamin. II. Title. III. Series: Casals Aldama, Pedro, 1944- Aventuras de Héctor ; 2.
PQ6653.A7266E55 1993
468.6'421--dc20 92-38062
CIP

Manufactured in the United States of America
ISBN 0-8384-2551-8

Heinle & Heinle Publishers is a division of Wadsworth, Inc.

10 9 8 7 6 5 4 3 2 1

Mora
Susana
Isabel
Toni
Héctor
Luis
Benjamín

TABLE OF CONTENTS

Acknowledgments

When a language teacher serendipitously encounters an interesting and unique work of fiction that also has the potential for stimulating in students an interest in reading, I believe the teacher should attempt in some way to bring that piece of fiction to the classroom for the students' benefit. I did encounter a piece of fiction of that stripe, and I did expend that energy. The conversion, however, of a work of fiction into a classroom textbook requires the help of other persons. Therefore, I wish to acknowledge the assistance of key people whose thoughtful advice and feedback have helped to shape this classroom textbook.

First, I am indebted to Marisa French for her intuitive feelings about the potentially beneficial value Pedro Casals' teenage novels of adventure would have for students of the Spanish language. I am also deeply appreciative of the editorial work of Erika Skantz, Patrice Titterington, Sharon Inglis, and Anne Cantú. Their professional insights have helped to shape a better, final version of my original manuscript.

Noteworthy in the presentation of the text is the fine visual contribution of Marvi Ugarte Farrerons and Elvira Soriano Camacho. Their illustrations provide visual relief to the printed word, which is just another way of reminding us all of the old adage that a picture is worth a thousand words.

Obvious to the classroom teacher is the invaluable feedback that comes from attentive students on whom all classroom activities are practiced in an attempt to find a kind of optimal point of pedagogy. My unabashed thanks goes to all my students of intermediate to advanced Spanish conversation, whose attention never seemed to wane.

The world is large, but, in a way, it is also small. The telephone and fax easily put people in touch who live in different continents. Such is the case between Pedro Casals and myself. I admire his literary talents and the fine qualities he displays as a human being. His suggestions to me in putting together my ideas to his work have been nothing short of marvelous. *Siempre un abrazo para él.*

Finally, to Kathee Christensen, whose advice I value more than she perhaps realizes, I say, *"Bien hecho y muchísimas gracias"*.

C.B.C.

Prefacio

La descripción que sigue explica cómo emplear las diferentes actividades relacionadas al texto, tanto las de la **Orientación inicial** como las que se encuentran al final de cada sección.

Las **Notas lingüísticas**, que siguen inmediatamente después de cada sección del texto, explican algunas curiosidades de la lengua en forma de notas sobre ciertas palabras, expresiones idiomáticas y estructuras gramaticales. Estas notas corresponden a los números de referencia que se encuentran en el texto.

Con respecto a la **Orientación inicial,** hay cuatro actividades distintas:

A. Un puño de puntos claves

B. ¿Qué opina usted?

C. ¡Diga usted!

D. Puntos culturales

Referente a las **Actividades** al final de cada sección de texto, hay seis actividades:

A. ¿Qué sabe usted?

B. Comentarios sobre el dibujo

C. Actividad cooperativa de conversación

D. Ideas personales

E. Más vale pluma que espada

F. Más puntos culturales

Orientación inicial

A. **Un puño de puntos claves** son puntos a descubrir durante la lectura. Si usted piensa en estos puntos mientras va leyendo el texto, ya estará mejor preparado(a) para participar en los grupos pequeños de conversación (Actividad C al final de la sección del texto).

B. **¿Qué opina usted?** Los temas de esta actividad están relacionados con el texto. Cualquier persona podrá hacer un comentario sobre ellos, porque ya tiene una experiencia directa con el tema o porque conoce a otra persona que la tenga, o porque ha leído algo sobre el tema. Lo importante es participar en una charla para estimular interés por el tema en los demás estudiantes. Una función importante de la lengua es la de poder **describir** o **explicar.** En esta actividad los estudiantes tendrán la oportunidad de poder hacer muchas descripciones y explicaciones de cómo son ciertas experiencias comunes.

C. **¡Diga usted!** Se le presentan al estudiante dos situaciones ficticias. Se trata de crear una sesión en la que todos los estudiantes agregan sus ideas espontáneamente. Las dos situaciones están relacionadas a temas encontrados en el texto. El objetivo aquí es imaginar que usted realmente participa en la situación. Así, esta actividad le ayudará a cultivar la imaginación, un ejercicio muy importante para el desarrollo de la creatividad.

D. **Los puntos culturales** surgen del texto y ofrecen una orientación cultural al cuento que se va a leer. El objectivo de estas notas es provocar comentarios sobre ellas. Así, los estudiantes tendrán más información sobre estos elementos culturales antes de encontrarlos en el texto.

Las actividades sobre cada sección del texto

A. **¿Qué sabe usted?** consta de preguntas sobre alguna información que se encuentra en el texto. El objetivo de estas preguntas es dar un repaso sobre la sección del texto que se acaba de leer.

B. **Los dibujos** contienen mucha información gráfica. Esta información ha de convertirse en palabras para comunicar una descripción y una explicación. Describir y explicar son dos funciones lingüísticas muy importantes que un estudiante debería desarrollar para hacerse entender con los hispanohablantes. Casi todas las secciones del texto tienen un dibujo. (En caso de que una sección del texto no tenga un dibujo, esta actividad pedirá que el/la estudiante haga una descripción y una explicación de algún tema global relacionado con los sucesos en esa sección del texto.)

C. **Actividad cooperativa** presenta cuatro temas de conversación para grupos pequeños. El objetivo de esta actividad es de lograr una cooperación en compartir detalles verbalmente sobre los temas con datos que se puedan encontrar en la lectura. Los estudiantes forman equipos de cuatro personas. A cada uno se le asigna uno de los cuatro temas, de modo que los cuatro temas serán asignados a cada equipo. Cada persona leerá y escudriñará ligera y rápidamente el texto (durante seis o siete minutos) para descubrir los detalles y datos que correspondan a su tema. Luego los estudiantes (uno de cada equipo) que vieron el primer tema se reunirán en un rincón para compartir su información. Los estudiantes con el segundo tema harán lo mismo en otro rincón, etc. Los estudiantes de estos grupos son los "expertos" en su tema y comparten tanta información como puedan sobre ello.

Tras el intercambio de información, que llevará unos diez minutos, más o menos, todos los estudiantes volverán a su equipo original de cuatro personas. Cada miembro del equipo será un "experto" en uno de los cuatro temas y se lo explicará a los otros tres miembros de su equipo para ayudarlos a comprender bien la información que tiene. Al final, todos los estudiantes escribirán una prueba sobre unas preguntas que corresponden a los cuatro temas, las cuales el profesor o la profesora confeccionará. Para que todos los miembros del grupo salgan bien de la prueba, todos tendrán gran interés en compartir cuantos detalles sea posible durante el intercambio de información, tanto en los grupos de **expertos** como en los equipos.

D. **Ideas personales** son unos temas para comentar con toda la clase. La idea de esta actividad es que cierta información que se encuentra en el texto se puede aplicar a la vida del lector o de la lectora.

E. **Más vale pluma que espada.** Estos temas para composiciones sólo son sugerencias. Habrá otras posibilidades que, quizá el instructor o la instructora pueda asignar otros temas para que los estudiantes practiquen su habilidad de comunicarse por medio de la palabra escrita. En todo caso, cada estudiante ha de recordar un principio fundamental referente a la escritura: nadie tendrá interés en la composición si no inspira o si no tiene

gracia. El estudiante debe escoger un tema de interés, pensarlo, analizarlo, dotarlo con gracia y, al final, pulirlo antes de entregarlo a su lector. Si el estudiante no logra estos objetivos, ¡quizá el único remedio sea la espada!

F. **Más puntos culturales.** Esta sección es una extensión de los **puntos culturales** de la orientación inicial.

Una descripción breve de los personajes

Héctor (La X de DOHFAX)

Héctor es un líder natural. Es responsable, activo, muy deportista y ágil. A Héctor le encanta jugar al fútbol estilo europeo y es buen escalador. (Él está en contacto con el inspector Mora por un walkie-talkie.) El sabe hablar bien con los adultos y es buen negociador. Tiene unas ideas brillantes. Es muy convincente. Es leal al grupo de amigos y se sacrifica por los demás. Le gustan las chicas mayores y adora a sus abuelos. Tiene una cara huesuda, cabello oscuro y liso y una nariz aguileña.

Susana (La H de DOHFAX)

Ella es muy activa, y por eso la llaman la bomba H. Es una apasionada de la música y está enamorada en secreto de Héctor. Es experta en motocicletas. Susana sabe lo que quiere... y trata de conseguirlo. Tiene una rivalidad con Benjamín. Es extrovertida y baila muy bien. Le gustan las joyas y el perfume. Sin embargo, suele vestirse de chico con casco y cazadora negra. Es una ojazos muy guapa. Tiene el cabello tirado hacia arriba y se lo sujeta en lo más alto con un pasador.

Benjamín (La F de DOHFAX)

Es el pequeño del grupo; tiene poca estatura, pero es campeón de futbolín. El compite con la bomba H por ser el mejor amigo de Héctor. Razona como un viejo y, a veces, dice «ya os decía yo». Sus razonamientos son aplastantemente prácticos. Lo llaman el dinamitero porque él busca la solución de problemas en su arsenal de petardos y cohetes que lleva en una pequeña mochila en la espalda. Es indisciplinado pero muy leal a Héctor. Suele encargarse de la vigilancia. Es rubio y tiene dientes de conejo.

Toni (La D de DOHFAX)

Hijo de un librero, Toni es el jefe suplente de X. El tiene muy buenas ideas. A veces es irónico y hace guiños. A su mente científica le intrigan las computadoras (ordenadores). Lleva gafas gruesas y desvía un ojo. Tiene los dientes separados.

Isabel (La A de DOHFAX)

Isabel es la hija de dos pasteleros. Tiene una mente artística y es buena dibujante. Ella vive en un mundo romántico y es un poco introvertida. Ella siempre da apoyo moral con sus modales muy suaves, o sea, está dispuesta a ayudar hasta el máximo. Su noviete es Luis. Es rubia con ojos de color azul celeste.

Luis (La O de DOHFAX)

Este muchacho ha perdido a los padres en un accidente. Ha heredado una pequeña fortuna en monedas de oro. Es generoso y cuidadoso, pero suele ser melancólico. Le gusta tocar el saxofón; es gran saxofonista. Su novieta es Isabel; él se sacrifica mucho por ella. Es delgado y delicado con piel muy blanca y pelo de cepillo.

Inspector Mora

Es un personaje esquizoide que representa la sociedad adulta, la cual tiene dos lados: uno bueno y otro malo. Puede ser un poco amenazador con una expresión ceñuda. Es cortante y a veces desconfiado. Sin embargo, siempre es el protector de los muchachos. Mora es un gran lector de las novelas clásicas de aventuras. Se aprovecha de los muchachos para conseguir el ascenso profesional. Es guardaespaldas de un millonario, lo cual está en contra del reglamento de la policía. Le gusta vestirse con colores chillones y fuma la pipa. Tiene el cabello rojizo y ensortijado, cejas espesas y ojos vivos.

LAS AVENTURAS DE HÉCTOR

2

El enigma de las monedas de oro

1

Orientación Inicial

A. Un puño de puntos claves

1. La personalidad de Luis
2. La personalidad de Isabel
3. Los detalles acerca del tesoro de monedas
4. Los detalles acerca de los lugares principales del relato
5. El problema de Luis

B. ¿Qué opina usted?

Intercambie con un compañero o una compañera sus opiniones sobre estos temas. Tome nota de sus ideas. Haga una presentación a la clase.

1. La crisis que provoca en un joven el perder a los padres y quedarse huérfano.
2. El sentir de un hijo al recibir una herencia de los padres.
3. La necesidad de tener buenos amigos.

C. ¡Diga usted!

1. Usted acaba de heredar una colección de monedas de oro y de plata que valen muchísimo, al menos medio millón de dólares. ¿Qué piensa hacer con la riqueza que usted ahora tiene?
2. Usted es miembro de una tropa o grupo de seis amigos íntimos. Muy a menudo ustedes se reunen en un escondite. Hoy ustedes se reunen para planear las actividades para las vacaciones. ¿Qué le gustaría hacer para las vacaciones de verano?

D. Puntos culturales

1. El pasatiempo de coleccionar monedas (numismática) y sellos (filatelia) es una actividad popular en los países hispanos.
2. Cualquier tradición de familia es importante y muy respetada por todos los miembros de la comunidad hispana. La sociedad hispana se conserva en gran parte a base de las tradiciones familiares.
3. Los padres hispanos consideran importante darles lecciones fundamentales sobre la vida a sus hijos para que éstos puedan construir una base sólida en su propia vida.
4. Tener **amigos de verdad** es un aspecto fundamental de la vida hispana. Hay un dicho hispano que refleja este aspecto cultural: **Vida sin amigos, muerte sin testigos.**
5. Aunque hay muchos supermercados en las zonas urbanas de los países hispanos, todavía persisten las tiendas pequeñas de familia como pastelerías, panaderías, heladerías, lecherías, zapaterías, fruterías, verdurerías, tintorerías, etc. Los padres les dan trabajitos a los hijos para que éstos aprendan el oficio del mismo negocio o al menos aprendan a ser responsables frente al trabajo.
6. En España, hay varias palabras que se forman en el plural que se refieren a una sola persona. La palabra normalmente se refiere a una característica física de la persona: **un bigotes** (*a moustached man*), **un rubiales** (*a blond-haired boy*), **una coletas** (*a pig-tailed girl*), **una ojazos** (*a wide-eyed girl*).

TEXTO

Luis dormía con el plano del tesoro bajo la almohada. El muchacho era pálido y más flaco que una espina.

Sus padres murieron en accidente de coche seis meses atrás, y el notario le había dado el sobre que contenía una casete y la hoja con el lugar exacto en que se hallaba oculto el cofre lleno de monedas que no sólo eran antiguas sino de oro por añadidura. Cuando despertó se sentó en la cama y desplegó el pequeño mapa. Los ojos se le pusieron rojos. Acabó por romper en llanto.

La madre de Luis había muerto en el mismo choque, pero su padre vivió unos días y tuvo tiempo de grabar dos casetes: una que le entregaron poco después del funeral y la que acariciaba ahora.

El hombre quiso que tardasen medio año porque temía que antes su hijo no hubiera superado el golpe.

La casete fue grabada en el hospital. Entre ruidos de fondo se oía un hilo de voz:[1]

«Querido hijo: El plano te señalará el escondite del cofre de las monedas. Está en un hueco de la pared, detrás de un armario, en el sótano de la tienda. Valen mucho... mucho dinero. Más del que[2] podrías gastar en toda la vida. —La voz se rompía, se ahogaba—. Mi bisabuelo empezó la colección y algunas son muy antiguas. La mayor parte vienen de mi abuela. Mi padre tuvo que vivir tiempos difíciles y sólo pudo ampliarla con unas pocas piezas... Pocas, pero valiosas. He procurado seguir esa línea.

»Si quieres continuar la tradición, me parecerá muy bien. Si prefieres irlas vendiendo para comprar tranquilidad y tiempo de vivir, también me parecerá perfecto. Elige lo que creas que vaya a darte mayor satisfacción.

»Caso que[3] decidas desprenderte de las monedas, voy a darte dos consejos: primero, véndelas a alguno de mis colegas de toda la vida que tú conoces... Daniel, Roberto... y, segundo, véndelas de una en una y empezando por las de la bolsita marrón, son las más fáciles de reponer. Cuidado con el dinero. Es bueno y malo al mismo tiempo. Es como el fuego, puede calentar o llegar a abrasarte.

»Procura usarlo bien..., sin hartarte de nada. Procura trabajar en algo que te guste..., conocer mundo y tener amigos. Amigos de verdad... Adiós.

Luis ahora estaba viviendo en casa de su tía. El chico se metió en la ducha y se aclaró a toda prisa, pero pasó un buen rato con el chorro contra la cara, «no quiero que se note que he llorado. No quiero que tía Elisa se dé cuenta». Desayunó sólo un vaso de leche y salió a escape. Era una mañana fresca de primavera.

Su tía se pasaba la vida probando dietas para adelgazar. Al parecer creía que se lograba ser guapo por el simple procedimiento de no comer, pero lo único que de veras estaba consiguiendo era que el mal humor le fuese en aumento.

Cuando Luis salió de casa, la mujer lo observó con una extraña mirada. Se quitó las zapatillas de chancleta, se calzó unos zapatos de tacón muy alto, y tomó la misma dirección.

El chico había ido a la pastelería, allí estaba Isabel despachando cruasáns. Era sábado y por las mañanas solía ayudar a sus padres. Luis le hizo una seña y se fue a un extremo del mostrador. Ella enrojeció una chispa y casi sin mirarlo envolvió los bollos y tecleó precios en una antigua caja registradora de metal dorado, clinggg. Dijo «un momentito» a la dueña de la tintorería y se acercó a su camarada.

—Tengo que hablar contigo— susurró el muchacho apretándole la mano por debajo del mostrador.

Su tono reflejaba angustia.

Ella estuvo a punto de retirarla,[4] «si me ve mi madre...,» pero intuyó que algo había pasado y no sólo la dejó en su sitio sino que le cogió la muñeca con la otra. Le clavó los ojos azul pálido y señaló calle arriba:

—Estaré en la heladería dentro de... —Miró con aprensión la cola de cuatro parroquianos que tenía por delante—. Dentro de...

—Si quieres, puedes ir ahora mismo. Ya despacharé yo —propuso una coletas que andaba fisgando detrás de una puerta entornada.

Era su hermana pequeña.

Isabel salió a escape y se fue con Luis a la terraza de toldos a listas blancas y anaranjadas, luces de pie de hierro y sillones de mimbre. Se sentaron en un extremo junto a la separación de arbustos y pidieron dos helados de chocolate con mucha nata por encima.

La tía de Luis los andaba siguiendo a distancia y tan pronto como los vio instalados fue en busca de su novio que era flaco y muy nervioso y salía con ella desde hacía años. Luego regresaron con sigilo. No querían que los muchachos pudieran ver cómo se les acercaban.

◆

Luis puso sobre la mesa la hoja con el plano del cofre de las monedas de oro y resumió la grabación de la casete.

Desde el día del accidente el muchacho no había vuelto a pasar por delante de la tienda de compraventa de sellos que suponía en su sitio aún.

Isabel lo miró con pena y también con ternura. Dudó, «¿se lo digo o no se lo digo?», y por fin:

—Hace tiempo que no pasas por la tienda de tus padres, ¿verdad?

—No puedo ni pisar esa calle. Si hasta me da no sé qué preguntar a mi tía quién lleva ahora la filatelia.

—¿Está el escondite ese muy hacia el fondo del almacén? —preguntó ella, poniendo la uña sobre la hoja.

—Bastante, ¿por qué?

—Porque...

Isabel se acarició una mecha de cabello muy claro que le caía sobre la frente, y se interrumpió.

—¿Por qué? —insistió Luis con inquietud.

—Porque están de obras. ¿Te ha dicho algo tu tía?

—No.

Luis se quedó inmóvil, con los ojos entrecerrados y se preguntó: ¿Por qué se lo habrá callado?

Isabel vio que se acercaba un bigotes con lo que habían pedido. Tapó el plano cruzando los brazos e hizo seña de chitón. Dos o tres veces al mes, como gran acontecimiento, iban a la heladería a gastarse lo que ganaba ella despachando, y sabían de sobra que aquel camarero acostumbraba a comentar con los amigotes las conversaciones de las mesas.

Tan pronto como se quedaron solos, Luis pidió a la chica:

—Guárdame el plano. No quiero tenerlo en casa. No quiero que mi tía lo encuentre.

Isabel extrajo una carterita flexible de un bolsillo de los pantalones crema y lo metió allí.

Luis apoyó los codos en la mesa. Reflexionó durante un buen rato. Acabó por anunciar:

—Voy a pedir ayuda a X, tiene soluciones para todo, ¿cómo se le ocurrirán tantas cosas? ¡Vaya[5] jefe tenemos! ¡Vaya jefe...!

Y pensó: Lo del cofre no puede salir de la tropa... No voy a decírselo a nadie más. A nadie más.

Isabel lo miró con aire de buena idea.

Aunque comentar aquello junto a la separación de arbustos no lo[6] fue. Al otro lado se abría la terraza de un bar y cuanto dijeron fue escuchado con suma atención por alguien que pensó: Parece que hablan en serio. A lo mejor es el negocio de mi vida.

En cuanto salieron de la heladería pasaron por delante del bar de al lado.

El dueño tenía aspecto de atleta y parecía inquieto. Andaba detrás del mostrador y fue siguiendo a Luis con los ojos. «La de millones que tenía el padre de ese chaval... Nadie sabe el montón de dinero que ganó con los sellos... Muchísimo...», se dijo.

El hombre llamó a un camarero joven que trabajaba con él desde hacía poco y le dijo:

—Tengo que ir a hacer un recado... A ver cómo te las[7] arreglas con el negocio. —Lo apuntó con el dedo larguísimo y advirtió—: ¡Ah...!, y ojo[8] con la caja.

Mientras caminaban hacia el lugar en que había permanecido abierta la tienda de sellos durante más de cien años, Isabel contó a Luis:

—Me parece que van a poner una hamburguesería. Ahora hay un anuncio muy grande al lado de la puerta. Uno de esos con bocata de pisos de colores y churretes de ketchup.

—¿Hace mucho?

—Por lo menos, quince días... o un mes. Antes de entrar en la calle Luis se detuvo, dudó, pero decidió seguir adelante. Los ojos se le hicieron telarañas cuando llegó a la altura de la filatelia en que su padre había pasado media vida.

Trataron de meterse en el local, pero un hombre de cara de palo[9] que dirigía los trabajos de albañiles y carpinteros se lo impidió:

—Largo de aquí. Dentro de poco podréis venir, si queréis gastaros la pasta.

Tenía voz rasposa. Torcía la boca al hablar.

Luis, ya en la acera, hundió los puños en los bolsillos de los tejanos y se acordó de que solía colarse en el almacén de la tienda por otra puerta pequeña que se abría al fondo de la planta baja de la casa de al lado.

Se introdujeron en el portal y se encaminaron a la puertecilla, pero estaba cerrada. Entonces el chico hizo lo que había hecho mil veces: levantar una baldosa que encajaba en el suelo y tomar la llave que permanecía oculta en «el mejor escondrijo, como decía mi padre».

La cerradura cedió con suavidad y entraron en un espacio que el chico apenas reconoció.

—Lo han cambiado todo —exclamó el chaval llevándose la mano a la boca con inquietud.

Antes, el almacén estaba en un sótano y se bajaba por peldaños de madera. Ahora, acababan de tapiar el hueco de la escalera y estaban construyendo desagües. Había tubos, sacos de cemento, herramientas.

—¿Cómo llegaremos al escondite de las monedas? —se preguntó Luis.

Dieron varias vueltas por la habitación que estaba poco iluminada por la luz mortecina de una claraboya y finalmente —detrás de unos tableros grandes y plastificados—, descubrieron el armario que su padre le había dado como referencia en la grabación de la casete. El mueble había recibido varios golpes y los cantos andaban despintados.

—¡Lo han subido! —exclamó el muchacho—. ¿Qué habrán hecho abajo? ¿Cómo encontraremos las monedas? ¿Cómo? ¿Cómo...?

Se oyó el avanzar de pisadas firmes. El chirrido de una puerta. El clac de un mechero de gasolina y piedra.

Isabel y Luis se acurrucaron detrás del armario, junto a rayas paralelas que dejaban al descubierto las carnes de la madera de nogal.

El hombre que acababa de entrar se dirigió hacia donde estaban ocultos. La chica abrazó a Luis con fuerza y miedo.

El recién llegado levantó uno de los tableros recubiertos de plástico azul celeste pero no descubrió a la pareja porque todavía quedaban otros cuatro. Pensó en cambiarlos de sitio. Ya iba a hacerlo..., y a dar con[10] Luis e Isabel, cuando se oyó la voz antipática del encargado:

—Todo el mundo a descargar el camión. Todo el mundo a la calle. ¡Venga...! ¡Rápido!

En cuanto se quedaron solos se escurrieron por donde habían entrado. Se alejaron del portal muy despacio para no llamar la atención y tan pronto como doblaron la esquina se pusieron a correr. No se detuvieron hasta dejar atrás el mercado, y llegaron al callejón sin darse cuenta de que alguien los había ido siguiendo desde la heladería. Cumplieron con las reglas de la tropa y miraron a derecha e izquierda antes de abrir la puerta falsa de hierro medio oxidado, pero no vieron a nadie —la sombra se acababa de ocultar tras unos cubos de basura que olían a verdura podrida—.

Abrieron, ñaaac, y penetraron agachados en el pasadizo descendente de bajo techo que olía a iglesia vieja y comunicaba con la madriguera.

Allí abajo Héctor estaba echando una partida de futbolín con el pequeño del grupo. Era reñida y la bola chocaba con fuerza contra las bandas, cloc, cloc. Cuando entraba en la portería el ruido hondo del gol era saludado con un «¡cajón!» por quien lo lograba. Jugaban a muerte y en el aparato de música sonaba la voz rota de uno de los roqueros que participaron en el último concierto de Amnistía Internacional.

El pequeño del grupo, Benjamín, solía ganar y volvió a hacerlo. En cuanto terminaron la partida, Luis mostró el plano y dijo al jefe de la tropa:

—Héctor, tengo un problema. Mi padre me ha dejado sus monedas de oro pero...

El chico contó de cabo a rabo el asunto. Al final Héctor —a quien llamaban X[11]— preguntó:

—¿Las[12] pueden haber encontrado?

—Mi padre las guardó en un hueco de la pared... detrás de un armario.

—Pero dices que lo han movido, ¿no?

—Era muy cuidadoso y... seguro que el escondite no se nota. ¡Seguro!

«No lo[13] desengañemos. ¡Pobre chaval! —se dijo Héctor pasándose la mano por el cabello oscuro y muy liso—. Pero si han encontrado ese tesoro..., ¿quién sabe adónde habrá ido a parar?»

El jefe de la tropa estaba hundido en unos cojines esponjosos junto a la bandera pirata. De un salto se puso en pie y aseguró:

—Cuando terminen las obras la cosa se pondrá mucho más difícil. Ahora con el lío de albañiles, carpinteros, electricistas... quizá se note menos el follón que habrá que organizar para abrir un boquete y bajar al sótano. —X miró la hora en el reloj de pulsera de plástico negro y exclamó—: ¡Lo haremos esta noche! Tenemos tiempo de prepararnos.

Héctor descolgó del techo unos pantalones con cremalleras y extrajo del fondo de uno de los bolsillos el auricular del walkie-talkie que el inspector Mora le dejaba guardar en la madriguera. El policía secreta le había dicho: «Llámame sólo para emergencias.»

Notas lingüísticas

1. **Un hilo de voz** quiere decir *a vocal sequence; a weak, faint voice.*
2. **Del que** viene de **el que** (*that which*). **Más del que** sería *more than that which.*
3. **Caso que.** La expresión es una abreviatura de **en el caso de que...**
4. **Retirarla.** El pronombre *la* se refiere a la mano mencionada tres líneas antes.
5. **¡Vaya!** Esta es otra forma de expresar una exclamación. Semánticamente, es más o menos equivalente a **¡qué + sustantivo o adjetivo!** Otra manera que en España se puede hacer una exclamación es por medio de la expresión **¡menudo + sustantivo masculino!** o **¡menuda + sustantivo femenino!**
6. **No lo fue.** Aquí el pronombre **lo** expresa un concepto abstracto. En esta frase se refiere a un concepto que se expresó anteriormente cuando Isabel miró a Luis con aire de **buena idea.** Este concepto de **buena idea** es una abstracción y se expresa luego mediante el pronombre **lo.**
7. **Cómo te las arreglas.** Aquí el pronombre **las** se refiere a un concepto que se sobreentiende, lo cual probablemente es algo como **las cosas.** Así que la frase del texto que dice **a ver cómo te las arreglas con el negocio** podría tener por traducción *let's see how well you take care of things here in the store.*
8. **Ojo con** es una forma de expresar el concepto de *beware of* o *watch out for.*
9. **Cara de palo.** Una forma de describir un sustantivo es por medio de la preposición **de + sustantivo.** Así que, la frase **cara de palo** es una forma rica de describir la cara del hombre en el texto.
10. **Dar con** es muy productiva en español para indicar *to find something or someone* o *run into something or someone.*
11. En este cuento, todos los muchachos que integran la tropa llevan un **nombre de guerra,** es decir, un nombre secreto.
12. **Las** se refiere a las monedas que fueron mencionadas anteriormente.
13. **Lo** se refiere a Luis, quien fue mencionado anteriormente.

ACTIVIDADES

A. ¿Qué sabe usted?

1. ¿Por qué estaba triste Luis?
2. ¿Qué estaba grabado en la casete que el padre de Luis le había dejado?
3. ¿Por qué fue Luis a la pastelería donde Isabel trabajaba?
4. ¿De qué hablaron Luis e Isabel en la heladería?
5. ¿Qué le dijo Isabel a Luis acerca de la filatelia que tenía el padre de Luis?
6. ¿Qué les pasó a los dos muchachos en el local que antes era la filatelia?
7. ¿Por qué no se les descubrió en la antigua filatelia?
8. ¿Qué decidieron hacer los dos muchachos después que el albañil salió del cuarto donde estaban escondidos?
9. ¿Qué pasaba en la madriguera de la tropa cuando Luis e Isabel llegaron?
10. ¿Qué decidieron los de la tropa después que Luis les explicó todo el asunto?

B. Comentarios sobre el dibujo (página 6)

1. Haga una descripción del lugar donde se encuentran Luis e Isabel.
2. Explique lo que hacen los dos muchachos.

C. Actividad cooperativa de conversación

1. El personaje de Luis: quién es y cómo es
2. El personaje de Isabel: quién es y cómo se comporta con Luis
3. ¿Cómo llegó a Luis el plano del cofre de monedas y qué tiene que hacer para conseguir el tesoro?
4. ¿Qué hacen Luis e Isabel juntos y de qué hablan?

D. Ideas personales

1. ¿Qué cree usted que sea la intención de la tía Elisa con respecto a Luis? ¿Por qué cree usted así?
2. Luis e Isabel van a una heladería para hablar íntimamente. ¿Adónde va usted para hablar de los asuntos íntimos? Describa usted el lugar, con quién va y de qué habla.
3. Luis tiene un gran problema que resolver. ¿Qué problemas grandes ha tenido usted que resolver en su vida? Explique uno de ellos. Prepare una explicación con ciertos detalles para que los otros compañeros de clase puedan comprenderla. Después de su explicación, los otros compañeros de clase le harán preguntas sobre su problema y cómo lo resolvió.
4. Luis tuvo suerte de poder heredar una fortuna en monedas valiosas. ¿Qué suerte ha tenido usted en su vida? ¿Tuvo suerte usted en algo muy especial que le trajo mucho placer? Si es así, explique la situación en la que le tocó mucha suerte o hable de la suerte que quisiera tener.
5. Según la narrativa, hay un anuncio muy grande al lado de la puerta de la nueva hamburguesería que ahora se construye donde antes estaba la tienda del padre de Luis. ¿Qué anuncio ha visto usted últimamente que le haya llamado la atención? Descríbalo y explique por qué le ha llamado tanto la atención.

E. Más vale pluma que espada

Escójase uno.

1. **Amigos de verdad.** Describa usted las características de ellos y su comportamiento hacia usted. Explique usted cualquier experiencia que usted haya tenido con otra persona que usted pueda llamar **un amigo de verdad.**
2. En cuanto a la necesidad que tienen los jóvenes de formar grupos íntimos, ¿qué experiencia personal tiene usted sobre este tema?

F. Más puntos culturales

1. **¡Vaya jefe tenemos!** En las sociedades hispanas se les da respeto a las personas que exhiben cualidades de liderazgo.
2. **No voy a decírselo a nadie más.** Los españoles y otros latinos son muy cumplidores a su palabra de honor. El proteger al grupo de íntimos amigos es importante en el código de amistad.
3. **... si queréis gastaros la pasta. La pasta** es una palabra del argot entre varias que se refiere al dinero. En México se dice **lana** o **feria.**
4. En España se emplea la forma verbal de **vosotros** de la cual la forma pronominal es **os.** Asimismo, existe el adjetivo posesivo **vuestro** y sus variantes **-a, -os y -as.** En Latinoamérica se usa **ustedes** en situaciones formales e informales.
5. **Armario.** Hasta muy recientemente las casas no tenían guardarropas construidos en las habitaciones como hay en las casas modernas de los Estados Unidos. Para guardar la ropa, se empleaban muebles portátiles, o armarios, donde colgaban los trajes, camisas, blusas, vestidos, chaquetas, etc.
6. **La puerta falsa de hierro medio oxidado... el pasadizo descendente...** Muchos edificios en España tienen sótanos en donde se almacenaba el carbón que se quemaba para la calefacción durante el invierno. Para llenar el sótano con carbón, el camión descargaba el carbón por la puerta de hierro. El carbón se resbalaba hacia abajo por el pasadizo.
7. Los hispanos y los latinos son muy aficionados del fútbol (*soccer*) y a los jóvenes les encanta jugar al futbolín (*foosball, a table game of soccer*).
8. En España presentan grandes conciertos de música y son acogidos con gran entusiasmo por el público español. Allí como en otros países latinos, la música moderna es un aspecto importante de la cultura diaria.

2

Orientación Inicial

A. Un puño de puntos claves

1. Las ideas del inspector Mora
2. Los movimientos de Héctor y Susana
3. El problema de Isabel
4. El encuentro entre Héctor y Susana por un lado y Mora por el otro

B. ¿Qué opina usted?

Intercambie con un compañero o una compañera sus opiniones sobre estos temas. Tome nota de sus ideas. Haga una presentación a la clase.

1. Los beneficios de leer mucho y de los libros clásicos.
2. Las diferentes personalidades y cómo éstas distinguen a una persona de otra.
3. La posición que tienen los jóvenes de poco poder en relación a las personas de autoridad o de mucho poder.

C. ¡Diga usted!

1. Usted es un espía que trabaja para su gobierno. Ahora se encuentra en un país antidemocrático y tiene un documento secreto. En este momento la policía viene a buscar el documento en su apartamento. Tiene que esconderlo. ¿Dónde lo esconderá para que la policía no lo encuentre?
2. Usted tiene una casa de refugio a la cual va de vez en cuando sólo para tranquilizarse y descansar de todas las presiones de la vida rutinaria. ¿Dónde se encuentra su casa de refugio y cómo es? ¿Qué comodidades modernas tiene?

D. Puntos culturales

1. España tiene un gran número de librerías. Los españoles leen mucho y hay poco analfabetismo. El dominical (periódico del domingo) trae una sección dedicada a la literatura y otros aspectos culturales.
2. En términos generales, se puede decir que los españoles son un pueblo positivo y optimista. Uno de los muchísimos refranes que existen en la tradición española es el siguiente: **A mal tiempo, buena cara.** Este refrán refleja muy bien el carácter general del pueblo español.
3. El acto de **dar palmadas**, sobre todo en un grupo, es muy popular en España. Se acostumbra para acompañar la música flamenca. Además, es una actividad popular entre los jóvenes españoles dar palmadas mientras caminan juntos por las calles en la noche. Es una expresión de amistad y convivencia.
4. Dicho: **Hay muchas maneras de matar moscas.** Un equivalente en inglés es: *There are many ways to skin a cat*. En español hay millares de refranes, dichos y proverbios del folklore que invocan diariamente los padres para educar a sus hijos con lecciones sencillas sobre la vida y cómo los hijos debieran comportarse.

TEXTO

Mora estaba en la cabaña de troncos que se había construido él mismo en un claro del bosque, al norte de la ciudad. Aquel fin de semana no pensaba acercarse a la comisaría. Era un devorador de novelas y solía pasar el tiempo libre leyendo y respirando aire puro.

Las paredes del refugio andaban atestadas de libros. Ediciones recientes, antiguas... La casa olía a madera y papel.

Iba a todas partes con el teléfono sin hilos.[1] El aparato estaba ahora encima de una colección de narraciones de aventuras de los siete mares. El policía se hallaba repantigado en su gran sillón de orejas con el cubalibre en una mano y una edición ilustrada de *El conde de Montecristo* en la otra cuando empezó a zumbar el walkie-talkie.

Era X. Tras dar la contraseña, «DOHFAX», dijo:

—Inspector, tengo que verle cuanto antes.

La voz de Héctor sonó metálica y deformada en el alma del teléfono.

—¿Qué pasa?

—Quizá necesite su ayuda.

—¿Te has metido en algún lío?

—No. No es eso...

—Cuéntame.

El hombre se puso en pie como si quisiera oírlo mejor. Era de cabello rojizo y ensortijado, expresión ceñuda. Las cejas muy espesas le daban aire amenazador.

—Se trata de unas monedas de oro. Luis las ha heredado pero va a costar recuperarlas.

Los de la tropa habían colaborado a veces con el policía y los conocía bien. «Luis, ese pobre chico que se ha quedado huérfano», se dijo y preguntó:

—¿Dónde están?

—En un almacén que han tapiado...

Héctor se lo contó en dos palabras y Mora exclamó:

—No podré ayudaros. No hay robo ni amenazas. No hay delito. —Y elevó aún más la voz—: ¡Nada que hacer!

—¿Podemos vernos?

X no pertenecía al batallón de los que se dan por vencidos a la primera negativa.

—Bueno —soltó de mala gana—. Ven a verme. Estoy en la cabaña.

Ni Héctor ni el inspector podían imaginarse lo que iba a suceder, y bien pronto.

Antes de salir de la madriguera Isabel, que era muy precavida, apuntó al plano y dijo:

—Es mejor que lo ocultemos aquí mismo. Las monedas deben de valer[2] una fortuna y no hay que arriesgarse.

El pequeño del grupo —F— sonrió con cara de pillo, mostrando todos los dientes de conejo, y tomó la hoja de papel para doblarla y esconderla en el interior de una ranura bajo una de las porterías del futbolín.

—Aquí no va a encontrarlo ni la CIA —aseguró.

Se oyó el chirrido de la puerta de hierro y pasos rápidos por el pasadizo descendente. Por fin apareció a la carrera[3] la bomba H. Era una ojazos que llevaba casco y cazadora negra. Entró con la casete en la mano. Se acercó al aparato de música y tras decir:

—No os importa, ¿verdad?

Quitó la cinta que estaba sonando, insertó la suya y comenzó a tararear al son de un conjunto irlandés. Gran música, sí señor.

La chica se puso a bailar y dar palmadas delante de Héctor, pero él estaba introduciendo el walkie-talkie en la funda y no le prestó demasiada atención. El jefe de la tropa andaba obsesionado con dos ideas: «¿Estarán aún las monedas en su sitio?» «¿Cómo lograremos entrar en el sótano?»

Una vez X hubo guardado el teléfono sin hilos preguntó a la bomba H:

—¿Me llevas a la cabaña del inspector? La chica era una virtuosa de la moto y se pasaba la vida en su Honda-50. Accedió encantada:

—Vamos..., si te atreves a montar en mi bólido.

Susana —éste era el nombre de la que llamaban H, o bomba H— clavó la mirada en la figurilla del león dorado que Héctor llevaba prendida en el jersey y enrojeció un punto.

Cuando salieron del callejón, volando en moto, no vieron a quien seguía ocultándose tras los cubos de la basura.

La sombra agazapada permaneció inmóvil hasta que Luis e Isabel aparecieron por la puerta falsa. Los chicos pronto se separaron y la sombra eligió como presa a la rubia de mirada azul.

Para llegar a la pastelería Isabel pasaba casi siempre por un atajo que desembocaba en otro callejón. Quien la seguía decidió actuar allí. La pobre chica recibió un tremendo golpe en la nuca y perdió el conocimiento sin saber quien se lo había dado. Su atacante se alejó a la carrera tras robarle la carterita flexible.

———◆———

En cuanto Héctor y la bomba H consiguieron dejar atrás la circulación densa y contaminante del centro de la ciudad, se dirigieron hacia una pequeña carretera que serpenteaba entre bosques.

Les encantaba notar en la frente el aire que olía a pino. Susana conducía la moto de prisa y con cierta brusquedad para que X la tuviese que agarrar. «A ver si se entera de una vez que voy por él», pensaba.

No tardaron en llegar a una bifurcación. Se metieron en un camino de tierra que ascendía ladera arriba y llegaba al claro en que el inspector Mora estaba tendido en una hamaca junto a su refugio.

Aunque la moto hacía ruido el policía no los oyó hasta que llegaron a su lado. Estaba fumándose una pipa y escuchaba el *heavy metal* que emitía a máxima potencia un carísimo sistema de alta fidelidad desde el interior de la cabaña y escapaba por los ventanales abiertos de par en par.

—¿Qué hay, parejita? —preguntó Mora con malicia y sin apartar la vista de la novela.

La bomba H enrojeció esta vez hasta las orejas. Héctor, ni caso.

Ella, en cuanto notó que se le desaceleraba el ritmo de los latidos, soltó:

—Me ha dicho Héctor que no quiere ayudarnos, pero no me lo creo.

El policía llevaba una gorra a cuadros con visera muy grande que le ocultaba media cara. La levantó un poco, pero no dejó de mirar la página que tenía delante. No contestó.

—Si no nos echa una mano,[4] olvídese de nosotros —dijo Héctor adelantando la cabeza como si quisiera embestirlo—. Cuando le interesa nos pide esto y aquello...

El sabueso se puso la pipa en la boca, dejó el libro en el suelo y agarró la cazoleta con las dos manos. Ahora su boca parecía una chimenea de humo aromático y fuerte. Acabó por toser con ecos bronquíticos y elevando el tono de voz:

—No es que no quiera, es que no puedo. ¡Os enteráis! Cuando seáis mayores ya aprenderéis que hay leyes, y punto.

Héctor se dijo: «Las leyes te prohíben también ser guardaespaldas de un millonario y tú, ni caso.» No se atrevió a soltárselo pero insinuó:

—Hay muchas maneras de matar moscas... Si se necesita, como usted dice, una agresión —pronunció «agresión» con retintín— pues agresión al canto.[5]

El inspector se quitó la gorra, la lanzó contra una rama y logró que se quedara colgada, «¡canasta!». Fijó la mirada en X y susurró:

—¿Sabes una cosa? Me temo que esa historia del cofre del tesoro acabe mal.

—¿Nos ayudará, entonces? —insistió Susana.

Mora ni siquiera la miró. Apuntó a Héctor y quiso saber:

—¿Y la familia de Luis?

—Vive con su tía... —X titubeó y se dio unos golpecitos en la nariz aguileña—. Pero no se fía de ella. Están montando una hamburguesería en la tienda de sellos, y Luis ha tenido que enterarse por la tropa.

El policía iba a seguir poniendo dificultades cuando, entre canción y canción, por fin oyeron el zumbido del walkie-talkie. Mora corrió a la cabaña y descolgó el auricular.

Se oyó la voz angustiada de Luis. Estaba en la madriguera y preguntó por Héctor. En cuanto se puso al aparato, estalló:

—Han atacado a Isabel y la han dejado sin sentido... Le han robado la cartera... Se la ha llevado una ambulancia.

No bien[6] el inspector Mora se enteró de lo sucedido arrancó el walkie-talkie de la mano de Héctor y, más que preguntar, ladró:

—¿Llevaba mucho dinero en la cartera?

—No... no —Luis titubeó. No se fiaba del policía y dijo—: Por favor, dígale a Héctor que se ponga otra vez.

Mora soltó palabras irrepetibles y de mala gana pasó el auricular al jefe de la tropa. Tan pronto como Luis oyó resonar de nuevo la voz de X en el aparato, habló como si fuese una ametralladora:

—Antes de esconder el plano, Isabel lo llevaba doblado en la cartera. ¿Me explico?

Seguramente se la han robado porque creían que estaba allí. Se la han robado por el plano. Por el plano. Estoy seguro. Sí, van por el plano.

Luis quería marcharse en seguida al hospital para estar con Isabel pero el policía ordenó a Héctor que le dijera: «Espéranos delante de la comisaría.» Y salieron a escape en el coche de Mora. El inspector no quiso que Héctor y la bomba H fueran en moto. «No quiero que os la peguéis. Estáis demasiado nerviosos. Ya volveréis por ella.»

Mora tenía un coche que según él era «pequeño pero matón», y condujo a toda velocidad. En las curvas del bosque, el inspector lo hizo derrapar una y otra vez. En otras circunstancias Héctor hubiese disfrutado a lo grande con aquel *rally*, pero no podía quitarse de la cabeza: «¿Cómo estará Isabel? Si de veras van por el plano y las monedas de oro, volverán a intentarlo? ¿Cómo se habrán enterado?»

La bomba H iba en el pequeño espacio del asiento trasero y no quitaba el ojo del espejo retrovisor en que se reflejaban las caras que ponía Héctor. Cuando llegaron a la comisaría, Luis y Benjamín los estaban esperando sentados en el bordillo. El inspector los hizo pasar a todos a su despacho, una pequeña habitación que necesitaba varias manos de pintura y muchas horas de limpieza. Mora se sentó sobre una mesa de metal grisáceo y preguntó a Luis:

—A ver, ¿dónde está la heroína de guerra?[7] —El muchacho dijo que se la habían llevado al hospital y ya iba a contarle de pe a pa lo sucedido cuando el inspector lo hizo callar con un—: Cuando quiera saber algo, te lo preguntaré.

El policía llamó para ver cómo estaba la chica. Le dijeron que había recibido un golpe muy fuerte y que se estaba recuperando de la conmoción cerebral.

Luis lo interrumpió y le preguntó por ella. Mora lo observó con expresión de guasa y tapó el auricular para decirle: —Tranquilo, tienes novieta[8] para rato. De ésta no se te muere.

Mientras Mora hablaba con el médico, los ojos de los chicos estaban clavados en él. Cuando el inspector colgó, dulcificó un poco el gesto de mal humor que solía poner y dijo:

—Al principio sospechaba que habíais hecho vosotros lo de Isabel para obligarme a intervenir. —Les mostró los colmillos muy afilados que parecían de lobo, y con aire amenazador—: ¡Menos mal que no se os ha ocurrido hacer semejante estupidez! ¡Pobres de vosotros si os llego a pescar con una cosa así! —Prendió la pipa con calma y echando nubecillas de humo se dirigió a Héctor—: Al parecer le han dado un golpe muy..., muy fuerte. Esto me hace pensar que no es cosa vuestra.

—¿Nos va a ayudar? —preguntó Héctor.

El inspector Mora le guiñó el ojo y repuso:

—Voy a iniciar una investigación. —Se quitó la cazadora de piel vieja y se remangó—. ¡Venga, todos a arrimar el hombro! —Se encaró con Luis y le soltó—: Cuéntamelo todo desde el principio.

El muchacho miró a Héctor con ojos de «¿le cuento lo del plano y las monedas?» X cogió al vuelo la pregunta y dijo:

—No te calles nada.

Escucharon en silencio su relato minucioso. El hilo de voz del muchacho sólo fue interrumpido por los chillidos del interrogatorio de un ladrón de coches en el despacho de al lado, ¿le estarían atizando? Mora tomó nota de todo en su libretilla de tapas negras de plástico. Una vez Luis hubo terminado de hablar, el policía dijo:

—¡Venga!, a hacer[9] el plan de acción.

Notas lingüísticas

1. Un teléfono sin hilos es un walkie-talkie o teléfono celular.
2. **Deber + verbo infinitivo** significa algo diferente que la expresión **deber de + infinitivo.** Compárense: **debo salir pronto** (*I should leave soon*); **debo de salir pronto** (*I probably should leave soon*).
3. **A la carrera** significa *on the run.*
4. **Echar una mano** quiere decir *to give a hand, help.*
5. **Al canto** es una expresión que se traduce *for sure, certainly.*
6. **No bien** se entiende por *as soon as* o *no sooner . . . than.*
7. Cuando Mora dice **la heroína de guerra,** el se refiere a Isabel.
8. El vocablo **novieta** puede servir bien para indicar a una chica que sea una amiga íntima con quien un muchacho sale frecuentemente antes de ser la comprometida de tal muchacho. Asimismo, **noviete** podría indicar al muchacho de la misma relación social.
9. **¡Venga!, a hacer el plan de acción.** La estructura lingüística **a + infinitivo** es otra forma para expresar el imperativo. En este caso **a hacer...** quiere decir *let's make . . .* o *let's do . . . .*

ACTIVIDADES

A. ¿Qué sabe usted?

1. ¿Qué hacía el inspector Mora en su cabaña fuera de la ciudad?
2. ¿Qué le dijo Héctor a Mora por el walkie-talkie?

3. ¿Quién escondió el plano de Luis y dónde lo escondió?
4. ¿Qué es DOHFAX?
5. ¿Cómo fueron X y la bomba H a la cabaña de Mora?
6. ¿Qué le pasó a Isabel cuando volvía a la pastelería?
7. ¿Cómo encontraron X y la bomba H a Mora cuando llegaron a su cabaña?
8. ¿De qué discutieron X y la bomba H con el inspector Mora?
9. ¿Qué piensa Mora del cofre de monedas?
10. ¿Qué supieron X, Susana y Mora cuando los llamó Luis por el walkie-talkie?

B. Comentarios sobre el dibujo (página 19)

1. Haga una descripción física de la escena del dibujo.
2. Explique porqué los tres están en el bosque.

C. Actividad cooperativa de conversación

1. El personaje de Mora: ¿quién es? ¿cómo trata a los chicos?
2. El personaje de Susana: ¿quién es? ¿en qué se hace notar?
3. El personaje de Héctor: ¿quién es? ¿cómo demuestra que es el líder de la tropa?
4. La junta entre Héctor, la bomba H y Mora: ¿qué pasó?

D. Ideas personales

1. Se dice que Héctor no pertenece al batallón de los que se dan por vencidos a la primera negativa. ¿Qué significa esta descripción de Héctor? ¿Conoce usted a otros que representan la misma característica que Héctor? Explique porqué son así. ¿Pertenece usted al mismo batallón? ¿Por qué?
2. Isabel recibió un golpe en la nuca y perdió el conocimiento. Ha perdido usted el conocimiento alguna vez? ¿Cuándo? ¿Bajo qué circunstancias? O, ¿sabe usted de un caso de alguien que perdió el conocimiento? Explique el caso.
3. Mora negó ayudar a los de la tropa. Si usted fuera el inspector, ¿qué les diría a los muchachos cuando vienen a pedirle ayuda?
4. Luis iba a explicarle al inspector Mora de pe a pa todo lo sucedido de Isabel. Explique algún tema que usted tuvo que

exponer de pe a pa una vez. ¿A quién, cuándo, dónde y por qué se lo tuvo que explicar? O sea, cuéntelo todo desde el principio.

5. El inspector quería hacer un plan de acción para detener a la persona que atacó a Isabel. Seguramente, usted ha tenido que hacer un plan de acción para resolver algún problema. Cuente usted el plan de acción que hizo y porqué lo hizo.

E. Más vale pluma que espada

Escójase uno.

1. ¿Por qué son tan útiles para la sociedad los dichos, refranes o proverbios para aleccionar a los niños? ¿Cuál es un dicho que haya sido una influencia en la vida de usted y por qué?
2. **Los beneficios de ser positivo u optimista.** Si uno no pertenece al batallón de los que se dan por vencidos a la primera negativa, ¿cuál podría ser el resultado de tal actitud? ¿Conoce usted a alguien que aplique a su vida el dicho: «A mal tiempo, buena cara»? ¿Quién y cómo es esa persona? ¿Qué ha podido alcanzar en la vida esa persona por tener esa actitud?

F. Más puntos culturales

1. **Se dio unos golpecitos en la nariz.** Se refiere a una forma extralingüística para indicar que uno está pensando porque éste trata de descubrir una respuesta o solución. En las sociedades hispanas existen muchísimos gestos no verbales que apoyan los actos de comunicación.
2. Mora condujo su coche a toda velocidad. Se dice que los españoles conducen el coche con mucha agresión. En su novela *Iberia*, el novelista James Michener ha captado muy bien la esencia española en el concepto que él llama «**viva yo**». El **viva yo** es una característica agresiva que al español le ayuda a tomar decisiones de forma independiente. Sin embargo, no todo español vive de acuerdo con esa característica.
3. Mora se quita la cazadora de piel. Casi todos los españoles tienen una cazadora (chaqueta o chamarra) de piel, ya que está muy de moda, abriga bien, el cuero es fuerte y dura mucho.

3

Orientación Inicial

A. Un puño de puntos claves

1. El plan de Héctor
2. Las ideas de los chavales de cómo iban a entrar en la antigua filatelia
3. Lo que pasó cuando la sombra entró en la madriguera
4. Lo que hicieron los chavales en la antigua filatelia
5. Las acciones de los chavales en el hospital

B. ¿Qué opina usted?

Intercambie con un compañero o una compañera sus opiniones sobre estos temas. Tome nota de sus ideas. Haga una presentación a la clase.

1. La dinámica de las riñas o peleas verbales entre amigos. ¿Cómo son? ¿Para qué sirven? ¿Son importantes para la amistad? ¿Son necesarias, destructivas, instructivas? ¿Qué piensa usted?
2. Lo que se debe hacer cuando un ladrón le enfrenta a usted con arma y le pide el dinero u otra cosa valiosa.
3. La organización de un hospital típico.

C. ¡Diga usted!

1. Usted se encuentra en casa con unos amigos cuando de repente entra una persona enmascarada con una pistola. Esta les dice a todos ustedes que se pongan en el suelo para robarles sus prendas valiosas. Sin embargo, a usted la pistola le parece una imitación y no un arma de verdad. ¿Qué piensa hacer usted en este caso?
2. Usted y sus compañeros tienen que tomar una decisión sobre a quién le tocaría arriesgarse para hacer algo peligroso en nombre del grupo. Todos los del grupo quieren ofrecerse a hacerlo. Pero, ¿cómo decidirlo? ¿Qué sugeriría usted que se hiciera para decidir a quién le tocaría?

D. Puntos culturales

1. Héctor empezó a contar los puntos de su plan de acción con los dedos. En general, los hispanos empiezan a contar primero con el pulgar y segundo pasan al dedo de índice y así sucesivamente con los siguientes dedos. Normalmente los estadounidenses cuentan con los dedos utilizando primero el índice.
2. Héctor le dijo a Luis que éste había toreado a la figura encapuchada. La idea de Héctor se refiere a la corrida de toros, el gran espectáculo de España en el que un torero lidia contra un toro. La referencia se basa en el arte del torero que intenta provocar un ataque por parte de la bestia. Al moverse el toro hacia el torero, éste hace movimientos elusivos y ágiles en plan de protegerse del toro. Repetidos actos de este plan hacen que el toro se desoriente y se canse, y así casi se da por vencido. En el contexto de la corrida de toros, el espectáculo de torear se hace antes del supuesto momento de verdad cuando se le da muerte al toro, lo cual es secundario a la habilidad artística que el torero debería implementar para protegerse.

3. Se hace referencia al acto ilícito de la figura encapuchada y al hecho de que la policía pueda pescarla con **las manos en la masa.** La imagen de las manos en la masa es bastante común dentro de la sociedad hispánica ya que todo el mundo ha visto la preparación de la masa de alguna comida. Se hace la preparación de la masa con las manos y es evidente quien la ha preparado ya que partículas de la masa se pegan a las manos.
4. La palabra **tebeo** es la marca en España de una serie de libretos de tiras cómicas hechas con caricaturas para contar historietas. Por extensión de la palabra, ahora en España el término **tebeo** se refiere a toda clase de libretos de tiras cómicas. En México, ese tipo de libreto se llama **monitos**. En Estados Unidos ese tipo de librito es comúnmente conocido como *comic book*. En España, mucha gente, desde los niños hasta los viejitos, se divierte hojeando o leyendo los tebeos. Leer tebeos en España es casi una institución social.
5. **Merienda** es un *snack*. En España la hora de la merienda es entre la comida y la cena, pero normalmente sobre las 5:00 de la tarde. En Chile, no se usa la palabra **merienda** sino la palabra **las onces** porque anteriormente se tomaba algo ligero como una merienda a las once de la mañana. Ahora, en Chile, se toma la comida ligera (las onces) sobre las 5:00 de la tarde.

TEXTO

Al salir de la comisaría Luis dijo que se iba al hospital, pero Héctor le pidió que lo acompañara a la madriguera.

—Sólo será un momento —le aseguró—. Tenemos que hablar.

X quería poner en práctica la parte de su plan particular que no estaba dispuesto a compartir de momento con Mora. «No pienso separarme de Luis.»

El inspector había trazado un esquema de los lugares a vigilar: la pastelería de Isabel, la habitación de la chica en el hospital y el local de la filatelia que estaban transformando en hamburguesería. Y había pedido a los de la tropa que «anduviesen con los ojos como platos..., ¡a ver qué pasa!»

Pero X veía otro modo de actuar, como él decía «echando el anzuelo».[1] El jefe de la tropa pensó: «Si alguien vio a Luis e Isabel con el plano, o los estuvo escuchando, ahora irá por él.»

Hasta que volvieron a encerrarse en la madriguera, Héctor no dijo palabra. No bien se tumbaron en los almohadones y la bomba H insertó la casete que siempre llevaba encima, X anunció:

—De momento ya hemos conseguido que la poli[2] empiece a mover el esqueleto.[3] Ahora vamos a moverlo nosotros. —Se puso en pie y fue contando con los dedos—: Primero, vigilaremos los puntos que nos ha marcado el inspector pero sólo le diremos lo que nos convenga. Segundo, no perder de vista a Luis. Si van por el plano, puede que lo ataquen. Tercero, Benjamín andará detrás de nosotros con el walkie-talkie y llamará en seguida a Mora, si nos pasa algo. Cuarto, nos meteremos en la tienda de sellos y buscaremos la forma de entrar en el sótano, ¿de acuerdo?

Benjamín quiso saber:

—¿Cómo agujerearemos el suelo?

—Hay que empezar por echar el ojo[4]... Quizá podamos usar las herramientas de los albañiles.

Benjamín además del pequeño del grupo era el dinamitero y siempre trataba de buscar soluciones por el camino de los petardos y explosivos. Se quitó la enorme visera de cartón que solía llevar, se alisó la mata de cabello tan rubio que parecía oro blanco y repuso:

—Yo podría preparar un petardazo y...

—Y avisar a todo el barrio de nuestra aventi —lo cortó la bomba H.

Benjamín la miró como si fuese un abuelo cargado de experiencia y disparó:

—Tú podrías poner esa casete a todo gas[5] y seguro que no se oía la explosión.

X, que sabía de sobra la afición de los dos a enzarzarse en riñas, preguntó a Luis:

—¿Qué opinas? Eres el único que conoces el terreno.

El muchacho entrecerró los ojos y se puso a recordar en voz alta:

DOMFAX

—El armario... lo habían subido. Parece que estén arreglando los cuartos de baño... Lavabos, grifos, azulejos... Desagües.

—¡Desagües! —exclamó Héctor.

—¡Desagües! ¡Desagües! —chilló Benjamín como un eco.

Luis se pasó la mano por la mejilla descarnada y tras reflexionar unos momentos:

—Pero... no recuerdo ningún agujero de desagüe. —Se interrumpió y acabó por decir—: Quizá estén detrás de los tableros, son muy grandes. Y pensó: «Si no llega a ser por ellos, nos cazan como conejos.»

Se oyó el chirrido de la puerta falsa. X se dijo: «Sólo puede ser Toni..., Isabel está en el hospital.»

El muchacho solía dar un tirón pero aquella vez la puerta se abrió despacio, con cautela.

Se oyeron pasos muy distintos de la carrera habitual de Toni que acababa en salto sobre los almohadones, como si se zambullera en una piscina.

Los de la tropa se miraron con inquietud. Nadie, ni siquiera el inspector Mora, conocía la existencia de la madriguera ni el acceso por el pasadizo.

Antes de llegar al sótano los pasos dejaron de oírse. Héctor apoyó la espalda en la pared e hizo gesto de «silencio». Benjamín echó mano de la pequeña mochila que llevaba a la espalda con el arsenal de petardos y cachivaches.

Las pisadas volvieron a oírse, esta vez firmes, y súbitamente apareció una figura con la cabeza oculta por un pasamontañas que llevaba un abrigo amplio, guantes y empuñaba un revólver.

Los de la tropa se quedaron inmóviles, mitad sorpresa mitad puro miedo.

La figura levantó la mano armada y apoyó el extremo del cañón en la sien de Luis.

—Quiero el plano —exigió con voz distorsionada por una miniatura de micrófono prendido en el pasamontañas por dentro, junto a la boca, que no permitía adivinar si era hombre, mujer, joven o no.

El pequeño del grupo —F— se acercó al futbolín para extraer el plano.

Luis le clavó los ojos con aire de «estate quieto», y rogó a quien lo encañonaba:

—No dispare. No dispare.

—Dame el plano —insistió la figura encapuchada con un tono que parecía salir de un altavoz estropeado.

—Si deja de apuntarme...

—Si dejo de apuntarte, ¿qué?

Luis tenía miedo, pero fingió estar totalmente aterrorizado:

—Ahora mismo se lo doy, pero no nos haga daño, ¡por favor!

—¡Dámelo de una vez!

Luis hundió la mano en el bolsillo. Los de la tropa lo miraban asombrados porque no sabían que el muchacho, mientras esperaba que llegaran Héctor y la bomba H con el inspector Mora, había dibujado un plano falso después de decirse: «Si me lo roban, no les servirá de nada.»

Luis acabó por[6] extraer una hoja doblada que se parecía mucho a la verdadera, aunque indicaba que el cofre se encontraba en una tumba del cementerio. El chico había podido hacer un buen esquema con notas sobre la dificultad de abrirla. «Está cerrada con una losa pegada con cemento..., y dentro hay otra.» Tenía el lugar grabado en la mente después de acompañar primero al cadáver de su madre y luego de su padre.

La mano enguantada le arrancó el plano. Dio media vuelta y se alejó a toda prisa.

Luis, con el temblor del miedo y el brillo de la excitación en la mirada, explicó a sus compañeros:

—Me olvidé de deciros que había hecho un plano falso por si las moscas.[7]

Héctor le dio una palmada en el hombro: —¡Eres un genio! ¡Te lo has toreado! —Tomó el walkie-talkie y llamó al inspector Mora. Le contó lo ocurrido con menos palabras que en un telegrama, y le dijo—: Mande en seguida a sus hombres al cementerio. Esa mala bestia debe de ir hacia allí y podrán pescarla con las manos en la masa.

En cuanto X guardó el teléfono sin hilos, propuso a la bomba H:

—¿Me llevas en tu moto al cementerio?

—Eso está hecho.

Quien les robó el plano falso no se precipitó en acudir al cementerio. Fue inútil que Mora destacara a cuatro de sus hombres durante toda la tarde, también que Héctor permaneciera escondido detrás de una tumba.

La bomba H no paró de llevar a sus compañeros en moto. Que si[8] acercar a Héctor y más tarde a F al cementerio. Que si acompañar a Luis al hospital en que no le permitieron ver a Isabel. Que si llevarlo luego adonde estaban acechando a la figura que había irrumpido en la madriguera.

La chica fue también a la librería de Toni —que aquel sábado estaba castigado—. Le contó lo que pasaba y le pidió tebeos para Isabel. Cuando se los llevó, el médico tampoco la dejó pasar y tuvo que dárselos a una enfermera muy pintadita ella.

A la hora de la merienda los muchachos se acercaron a la antigua filatelia para hacer lo que X denominó «reconocimiento del terreno».

Detrás de los tableros encontraron un orificio para un desagüe de calibre grueso y decidieron esperar la noche para ensancharlo hasta que pasara el más delgado de la tropa. Tras medirse caderas y hombros el más flaco resultó ser Benjamín. El pequeño del grupo dio un brinco haciendo uves de victoria con los dedos y exclamó:

—¡Gané!

Le encantaba vencer al futbolín, cuando echaba una carrera, a cara o cruz... a lo que fuera.

La bomba H, ¿lo haría para fastidiar?, dejó caer:

—¿No sería mejor abrir un boquete más grande para que pudiésemos entrar todos?

—Puedo hacerlo yo solo —aseguró F mirando a Héctor para que le diese la razón. Apuntó a la chica y dijo—: Si quieres que Héctor te haga caso, ponte moños.

X lo mandó callar con cara de pocos amigos y bajando mucho la voz:

—Este no es sitio para peleas. —Señaló con la mano las herramientas de los albañiles que por suerte no trabajaban a aquellas horas, y susurró-: Tenemos todo lo necesario. Sí, lo haremos esta noche... Primero entrará F y, si se puede seguir abriendo sin hacer demasiado ruido, pasaremos los demás.

Benjamín y la bomba H se miraron con expresión de haberse salido los dos con la suya.

Luis quiso volver al hospital. Los demás lo acompañaron.

Héctor propuso pasar por la librería de Toni que quedaba de camino. Lo encontraron despachando revistas. Tan pronto como los vio dijo:

—Dentro de cinco minutos acaba mi castigo y voy a salir zumbando.

Su padre, que estaba en la caja, le advirtió:

—Dentro de una hora, a cenar, ¡eh!

—Vale[9] —repuso Toni y se marchó sin esperar a que terminara el plazo.

Cuando ya salía, su padre le dijo:

—Te perdono los minutos que faltan, ¿vale?

Toni llevaba gruesas gafas metálicas y desviaba un poco el ojo derecho. Tenía dientes grandes como palas y separados. En cuanto doblaron la esquina, el muchacho se desabrochó la cazadora y mostró como un trofeo el montón de tebeos. Guiñó el ojo —cuando lo hacía sacaba también la lengua— y con aire de pícaro:

—Tengo que devolverlos a la librería antes del lunes. Si me pesca mi padre, esta vez me cuelga por las orejas... Estamos en plena guerra. Sobre todo no los arruguéis.

—Se puso en jarras[10]—. La bomba H ya me ha contado cosas..., y yo sin poder escaparme de la tienda. Cuando sea mayor voy a ganar en seguida mil millones para poderme retirar. ¡Adiós tienda! ¡Adiós despachar a pelmazos!

Cuando llegaron a la recepción del piso del hospital en que estaba Isabel, Luis se puso muy pálido. Su padre había estado allí mismo hasta el día de su muerte. X lo sabía y no paraba de preguntarle cosas para distraerlo.

Apareció un médico con bata blanca replanchada, y con tono simpático les explicó que la chica no podía recibir visitas. X arguyó:

—Sólo será un momento. La animará vernos.

El doctor —que se llamaba Díaz— insistió en que era imposible pero los invitó a tomar una coca-cola en la planta baja.

Ya en el bar, Héctor dijo:

—Voy al baño.

E hizo una seña a Luis para que lo acompañara. En cuanto el doctor los perdió de vista X propuso a su compañero que aprovechase e intentara colarse en la habitación.

—Antes me he fijado. Es la 626 —dijo Luis, y asintió con la cabeza.

Notas lingüísticas

1. **Echando el anzuelo** es una metáfora que se extiende al acto de esperar **pescar** alguna persona.
2. **Poli** es una abreviatura para **policía.** Otras abreviaturas corrientes son: bici **(bicicleta)**, boli **(bolígrafo)**, aventi **(aventura)**, cole **(colegio)**.
3. **Mover el esqueleto** indica en inglés *hustle, get a move on.*
4. **Echar el ojo** quiere decir *to look around.*
5. **A todo gas** significa **a toda velocidad** o **a todo volumen.** En inglés sería *full blast.*
6. **Acabar por + infinitivo** quiere decir *finally.* Por ejemplo: **acabó por decir,** *he finally said.*
7. **Por si las moscas** es un juego de palabras. La expresión normal es **por si acaso** (*just in case*).
8. **Que si..., que si..., que si..., etc.** es una convención lingüística del español de hacer mental u oralmente una lista de actividades. Es más o menos equivalente al decir en inglés: *there's . . . then there's that . . . , and there's this other . . . .*
9. **Vale** es la forma más común en España de decir: **está bien.** En inglés se dice: *okay.* Es una expresión coloquial.
10. **Se puso en jarras** se refiere a la forma de una jarra con dos manijas en lados opuestos de la jarra. Cuando alguien se pone las dos manos sobre las caderas con los codos levantados, la forma corporal que resulta se parece a una jarra.

ACTIVIDADES

A. ¿Qué sabe usted?

1. ¿Por qué no quiso seguir X el plan de Mora?
2. ¿Cuántos puntos tenía el plan de X y cuáles eran?
3. ¿Qué habilidad especial tenía Benjamín y qué quería preparar para abrir un agujero más grande en el suelo?
4. ¿Qué parte de los cuartos de baño, según Héctor, era algo importante que consideraban como una entrada al sótano?
5. ¿Por qué se mantuvieron silenciosos los de la tropa cuando oyeron unos pasos que no eran los de Toni?
6. ¿Cómo reaccionó Benjamín cuando Héctor hizo un gesto de silencio?
7. ¿Quién era el que entró en la madriguera, qué quería y qué le hizo a Luis?
8. ¿Qué truco le hizo Luis a la sombra encapuchada y cómo pudo prepararlo?
9. ¿Qué se decidieron a hacer los chavales con respecto al entrar en la antigua filatelia?
10. ¿Qué no quería el doctor Díaz que hicieran los chavales en el hospital?

B. Comentarios sobre el dibujo (página 28)

1. Haga una descripción de la madriguera y de los muchachos.
2. Explique la acción que ocurre en la madriguera.

C. Actividad cooperativa de conversación

1. Los temas de que hablan los chicos entre sí: ¿de qué cosas hablan?
2. El plan de Héctor y cómo difiere del plan de Mora. Explíquense los detalles acerca de los dos planes.
3. ¿Qué pasó en la madriguera con respecto al plano?
4. El personaje de F (Benjamín): ¿quién es, cómo es y qué hace?

D. Ideas personales

1. En el caso de los atracadores que roban a la gente inocente, ¿qué se debe hacer para protegerse de ellos?
2. ¿Conoce usted a alguien que haya sido encontrado con **las manos en la masa**? ¿Qué pasó? Explique usted el caso y cómo se resolvió la situación.
3. ¿Cómo funcionan los teléfonos sin hilo? Pues, en realidad, hay dos tipos de aparatos que no emplean líneas: el walkie-talkie y el teléfono celular. Explíquese en forma sencilla cómo funciona uno de los dos aparatos.
4. ¿Por qué se resuelven las disputas amistosas con tirar una moneda al aire y ver qué lado de ésta queda en el suelo después de caer? ¿Ha usado usted esta forma de jugar para decidir un problema? Explique usted el caso.
5. Toni recibió un castigo por haber hecho algo que no le gustó a su padre. El muchacho tuvo que trabajar por cierto tiempo en la librería. No pudo salir hasta que no cumplió el castigo. ¿Le han puesto a usted un castigo semejante alguna vez? ¿Qué le pasó? Explique usted el caso.
6. ¿Qué tipo de libros o revistas lee usted? ¿tebeos? ¿noticieros? ¿novelas de aventuras? ¿Por qué los prefiere?
7. Llevaron a Isabel al hospital por el golpe que recibió en la nuca de la cabeza. ¿Ha estado usted internado en un hospital por alguna enfermedad o accidente? ¿Qué pasó? Explique usted su propio caso o el de algún conocido.

E. Más vale pluma que espada

Escójase uno.

1. ¿Por qué hay tantos atracos? Describa usted las características de la persona que se vuelve criminal y roba a sus víctimas. ¿Hay forma de reducir el número de delitos en las grandes ciudades? ¿Qué opina usted?
2. ¿Qué cree usted acerca de la calidad de la policía de su comunidad? Si usted fuera policía, ¿se comportaría usted diferente a cómo se comporta la policía tal como se ve actualmente? En la opinión de usted, ¿cuáles son las mejores características que un policía debería tener?

F. Más puntos culturales

1. Se dice que a Benjamín le encanta vencer al futbolín, las carreras, a cara o cruz... a cualquier acto de competición. El juego de **cara o cruz** consiste en echar una moneda al aire para ver qué lado queda hacia arriba cuando cae al suelo. Cada país hispano o latino tiene una expresión propia para jugar a la moneda porque depende de las figuras que se acuñan en las monedas. En México, por ejemplo, antes los dos lados de las monedas llevaban las figuras de un águila y un sol. Así, al tirar aquella moneda al aire, se decía **águila o sol.** En Colombia se dice **cara o escudo**; en Panamá, **cara o sello.**
2. Benjamín y Toni muy a menudo hacen las cosas con aire de pícaro. El pícaro figura mucho en la cultura hispana. A mediados del siglo XVI se originó en la literatura europea un nuevo género de literatura: la novela picaresca. El personaje de pícaro tiene que luchar constantemente para resolver necesidades elementales de la vida como la de llenar el estómago y dormir bajo techo. O sea, su existencia es dura y él tiene que ingeniar maneras de sobrevivir, hasta emplear mentiras y actos de burla y engaño, pero sin usar la violencia. Así que, hoy día, la referencia a una persona como pícaro se basa en una tradición muy firme en la psiquis colectiva del pueblo hispano.
3. Hay un **bar** en el hospital. Pero, hay que entender que un bar de un país hispano o latino no es como un bar de los Estados Unidos. Un bar en España, por ejemplo, es más bien como un café, no un lugar oscuro donde el motivo principal de una persona que vaya allí es tomar bebidas alcohólicas.
4. **La planta baja** en español es equivalente a *ground floor* o *first floor* en inglés. Así que, en inglés, *second floor* es el **primer piso** en español, o sea, el primer piso sobre la planta baja.

4

Orientación Inicial

A. Un puño de puntos claves

1. Las mañas de los chavales de colocarse en situaciones ventajosas en el hospital
2. La preocupación de Luis sobre el estado de Isabel
3. La composición del nombre de guerra de los de la tropa
4. El plan de acción en el cementerio

B. ¿Qué opina usted?

Intercambie con un compañero o una compañera sus opiniones sobre estos temas. Tome nota de sus ideas. Haga una presentación a la clase.

1. El entrenamiento o la experiencia que se requiere para que un joven tenga confianza para poder hablar bien a las personas de autoridad.
2. Disimular el tono de la voz para engañar a otra persona con respecto a sus intenciones insinceras de hacer algo.
3. El comportamiento normal de la gente cuando se encuentra en un hospital.
4. La experiencia de estar en un cementerio de noche.

C. ¡Diga usted!

1. Un importante amigo de usted se encuentra internado en un hospital después de haber sufrido un accidente casi fatal. Está recuperándose y usted intuye que su presencia al visitarlo le reanimará. Sin embargo, la administración del hospital le dice que no puede visitarlo. Usted tiene que despistar a los administradores de alguna forma para poder reunirse con su amigo. Pero, a la vez, usted no quiere perjudicar su relación con el personal del hospital. ¿Qué piensa hacer usted para lograr sus objetivos?
2. Antes, usted era miembro de una tropa de jóvenes que querían inventar un nombre especial para el grupo y una contraseña de identificación. En una reunión secreta de la tropa, ustedes pasaron varias horas discutiendo un nombre especial y una contraseña apropiada. Por fin, sus sugerencias prevalecieron sobre todas las sugerencias de los otros miembros. ¿Qué nombre especial y qué contraseña sugirió usted y por qué?

D. Puntos culturales

1. Luis se enfrenta con la enfermera, figura autoritaria. El piensa en cómo podría engañarla. En los países hispánicos, como en todos los países, hay personas que son expertos en su habilidad de engañar a las autoridades para lograr sus objetivos. Sin embargo, a los nativos de la cultura no les cae bien que los extranjeros hagan burla de sus instituciones.
2. En el mundo hispano o latino, como en muchas partes del mundo, hay mendigos o **pordioseros**. En algunos países hispánicos es algo común que los mendigos pasen de casa en casa pidiendo limosnas. Además, en España, las personas que trabajan en los servicios públicos, por ejemplo, los bomberos, los carteros, los que mantienen en servicio los ascensores de los apartamentos, pasan de casa en casa durante las fiestas navideñas pidiendo contribuciones de **buena voluntad** para aumentar sus ingresos.

TEXTO

Luis volvió a subir en el gran ascensor pensando en cómo iba a burlar a la enfermera de guardia en la recepción de la planta que empezaba con la 601.

El muchacho conocía bien el terreno después de las visitas que había hecho a su padre. Todo aquello lo asociaba al olor de medicina y a las frases de vana esperanza del médico que ahora estaba abajo con los de la tropa.

X entró en el bar con intención de retener al doctor Díaz. En seguida le preguntó con tono de admiración que parecía real:

—¿Le ha costado mucho salvarla?[1]

—Hombre, verás... Hemos actuado de prisa, y se está recuperando bastante bien.

Era hombre de rasgos afilados, ojos azul tenue y hundidos. Labios pálidos, piel muy blanca.

—¿Cómo lo ha hecho?

X puso cara de mucho interés.

—Cuando llegó la chica yo no estaba, pero la atendieron en urgencias. —Señaló hacia atrás—. Tenemos una puerta especial para ambulancias. En cuanto llega el enfermo se le lleva en camilla a un servicio que hay allí mismo y los médicos de guardia ya lo están esperando. Luego lo suben a la planta que le toca.

La bomba H escuchaba encandilada, Toni y Benjamín estaban jugándose a cara o cruz quién iba a pedirle una bolsa de patatas. Héctor siguió dándole cuerda:[2]

—Usa aparatos muy complicados, ¿verdad?

—¿Te gustaría estudiar medicina?

Toni se adelantó a la respuesta de X: —¿Ganan mucho los médicos?

—Para todas las horas que nos pasamos encerrados en el hospital, la verdad es que no es buen negocio.

—Lo importante es que curan y salvan vidas —afirmó la bomba H que sí soñaba con ser cirujana.

Benjamín había perdido y sonrió al médico con aire cándido:

—¿Podemos pedir patatas fritas?

Héctor se dijo: «¡Qué cara[3] tiene ese renacuajo!» Toni se apresuró a soltar:

—¿Se puede pedir otra bebida?

La bomba H los miró abochornada. A Héctor se le escapaba la risa por la comisura de los labios.

El médico, que ya los conocía de las veces que habían acompañado a Luis, llamó al camarero y dijo:

—Otra ronda y patatas fritas para todos.

Mientras tanto Luis estaba sentado en una de las butacas de la sala de espera y aguardaba. Por fin la mujer de cofia blanca —que era policía además de enfermera—

acudió a la llamada insistente de un recién ingresado. El muchacho ni corto ni perezoso[4] se introdujo en el corredor y tuvo que hacer un gran esfuerzo para no acelerar demasiado la marcha, «no hay que hacerse notar».

Estaba ante la habitación 624 cuando se abrió la puerta y pudo ver a un médico que lo miró con ojos de «¿qué estás haciendo tú aquí?».

El chico se quedó clavado en el suelo y se temió que lo echaran. Sin embargo el doctor retrocedió para dar nuevas recomendaciones al accidentado que por poco[5] se mata por ir en moto sin casco, y andaba ahora con medio cuerpo escayolado. Luis aprovechó para correr hasta la habitación de Isabel que estaba cerrada. Se apoyó en la manija y se dio cuenta de que le temblaban los dedos.

En el extremo del pasillo apareció la sombra de la enfermera que regresaba a sus dominios. El muchacho no lo dudó, abrió la puerta de un tirón y se metió en la 626.

La habitación estaba en la penumbra. Luis miró hacia la cama y se sobresaltó, no había nadie.

Empezó a pensar cosas horribles: «¿Estará muerta? ¿Por eso no quieren que la veamos...? Cuando murieron mis padres también me contaron muchas mentiras para no decírmelo.»

De repente se abrió la puerta y apareció la enfermera con cara de palo:

—¿Qué haces tú aquí?

Luis le plantó cara:

—Quiero saber dónde está Isabel.

—¿Es tu hermana?

El chaval negó con la cabeza y la mujerona —que lo había visto con sus compañeros, y no lo consideraba «peligroso»— sonrió para decir:

—¿Qué es, entonces?

Luis no respondió.

Se acercó un médico joven que llevaba el estetoscopio a modo de estola, y la enfermera le preguntó por Isabel.

—Está abajo, le están haciendo un electro.

—¿Tardarán en subirla?

El doctor se encogió de hombros:

—No creo.

Y se alejó arrastrando las chancletas blancas de suela gruesa.

Luis volvió a sentarse en la sala de espera hasta que aparecieron los de la tropa con el doctor Díaz. El médico se dio cuenta de la maniobra y se dirigió a él:

—Mañana por la mañana puedes venir a verla, ¿de acuerdo?

—No pienso moverme de aquí hasta...

En aquel momento entró la chica en una silla de ruedas que empujaba un sanitario de sólido esqueleto. Al verlos la mirada de Isabel se iluminó y Luis se acercó a ella para apoyarle la mano en el hombro.

El doctor Díaz ordenó con una seña que la llevaran a su habitación, y repitió:

—Mañana, ¿de acuerdo? —Hizo una pausa para añadir—: Ni siquiera hemos dejado que se quedase su madre. Tiene que descansar, ¿os enteráis?

Benjamín, que no se perdía una coma de la conversación, aventuró:

—Mañana..., ¿nos invitará otra vez?

La abuela de Héctor era mujer apacible, redondita, astuta. Los fines de semana que tenía al nieto en casa solía pasar mucho rato en la cocina y prepararle sus postres favoritos.

X estaba cenando con la cabeza en otra parte. El abuelo le preguntaba por las notas, por las asignaturas, por los partidos de fútbol. El iba respondiendo con el mínimo de palabras mientras pensaba: «Antes de sentarme a la mesa he hablado con el inspector Mora por walkie-talkie y me ha dicho que sus hombres siguen en el cementerio... pero de momento, nada. Nada de nada. ¿Se habrá tragado el encapuchado lo del plano falso...? Encapuchado... ¿o encapuchada?»

Antes de servir el postre llamaron a la puerta. La buena mujer fue a abrir y se encontró con un mendigo que le recordó a alguien.

Le dio unas monedas. Cerró y se dijo:

«Ese se parece[6] mucho al dueño del bar que está junto a la heladería... Tiene el mismo aire...»

Cuando la abuela apareció con un pastel de chocolate recubierto de nata, Héctor exclamó:

—Para chuparse los dedos.

La buena mujer cortó un buen pedazo:

—El de Isabel. En su pastelería deben de hacerlos mejores, pero estoy segura de que le encantará que se lo lleves.

X dijo que sí. Tras repetir dio las buenas noches y subió a su habitación bostezando:

—Estoy muerto de sueño.

Se metió en cama y esperó a que la abuela acudiera para arreglarle el embozo. En cuanto la oyó llegar se hizo el dormido[7] y no se movió hasta oír de nuevo el crujido de los peldaños de madera.

Se levantó con cuidado. Asomó la cabeza por la ventana que daba al callejón, y tras comprobar que estaba desierto se descolgó hasta la puerta falsa. En un santiamén llegó a la madriguera. Tomó el walkie-talkie y llamó a Mora:

—Sin novedad en el cementerio —dijo el inspector que estaba con sus hombres al acecho.

—¿Podemos ayudar?

—Hombre, sí. —El policía se dijo: «Ya que me han metido en este lío, al menos que vengan a pasar miedo... Así sabrán lo que es una noche rodeados de tumbas.» Y añadió—: Poneros ropa negra y tiznaros la cara para que no se os vea.

Los de la tropa fueron llegando a la madriguera con el equipo de combate. Todos llevaban la palabra DOHFAX en algún lugar, era la unión de los nombres en clave de cada uno de ellos.

Habían pasado todo un fin de semana discutiendo si DOHFAX, FAXDOH, FOHDAX o FAHDOX. Benjamín se había empeñado en que su F fuese la primera letra del nombre de guerra, pero la bomba H protestó diciendo que «se daba mucha importancia a ese enano que no tiene ni edad para estar aquí». Acabaron por colocar a los eternos rivales en el centro «para que no den más la lata», según el jefe a quien nadie discutió su X al final.

Toni —D— dijo que podían poner su letra donde quisieran. Para ser exactos soltó en plena discusión: «Podéis ponerla donde os quepa.»

Benjamín, cuando vio que Luis e Isabel no lo apoyaban, se puso a decir que «la O y la A tienen que estar juntitas, juntitas, bien juntitas». El resultado fue que la O de Luis quedó todo lo separada que fue posible de la letra de quien Benjamín llamó «la novieta» en pleno mosqueo.

Tan pronto como llegó Toni corriendo por el pasadizo, Héctor murmuró:

—Sólo falta Isabel. Pobre chica...

Y volvió a llamar al inspector.

—¿Qué pasa, Héctor? Os estoy esperando junto a la tumba de uno que han enterrado esta misma tarde. ¿Tenéis miedo?

—Acaba de entrar el que faltaba.

—Pues, ¡andando! que es gerundio.[8] —Y advirtió—: Nada de motos. Hacen mucho ruido y podemos espantar la caza. ¡A paso ligero!, y óyeme bien: quiero que os disperséis para acercaros... Que no se os vea, ¿estamos?

Llegaron medio muertos tras una carrera de más de veinte minutos. El policía los colocó en puntos alejados, los rincones más siniestros que pudo encontrar. Héctor dentro de una tumba abierta que según Mora «esperaba a su inquilino», Toni junto a cipreses que parecían sombras vivas y el viento inclinaba sobre una pared llena de nichos.

La bomba H tenía mucho miedo pero intentaba disimularlo. El inspector se le acercó por detrás con sigilo y le puso la mano sobre el DOHFAX que llevaba pegado en un hombro de la cazadora. La chica dio un salto, la voz se le rompió y sólo fue capaz de emitir un grito ahogado.

—¡Cállate so histérica! —le espetó el policía clavándole los dedos en las muñecas hasta hacerle dar otro chillido sordo, esta vez de puro dolor.

Mora creía poco probable que a aquellas horas apareciera «el famoso encapuchado», y había decidido descargar su mal humor con los chicos. «Esos niñatos me han jeringado la noche del sábado... pero se van a acordar.»

El policía iba a tapar con una losa la tumba en que se encontraba X, «¿a ver cómo te sienta un ratito en el más allá?», cuando vio una sombra con pasamontañas junto a la entrada. Saltó al foso y pegándose a Héctor le preguntó:

—¿Lleva capucha alguno de los tuyos?

—Toni va con gorro negro. Es el único que...

—A ése lo tengo en la otra punta.

Asomó la cabeza y al poco rato volvió a ver la silueta. Llevaba una mochila con herramientas y se encaminaba a la tumba que Luis había señalado en el plano falso. Mora tomó el walkie-talkie y llamó a sus hombres:

—Sigue el camino previsto. ¡Ojo!

Cuando la presa pasó entre dos de sus agentes, el inspector dio la orden:

—¡Alto![9] ¡No se mueva!

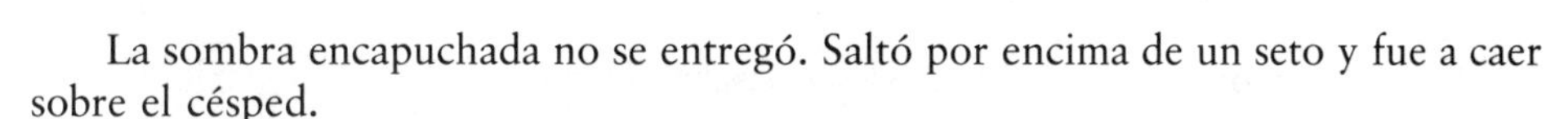

La sombra encapuchada no se entregó. Saltó por encima de un seto y fue a caer sobre el césped.

El inspector Mora siguió chillando con voz ronca:

—¡Alto! ¡Alto o disparo!

Quien huía avanzó reptando sobre la hierba y anduvo a favor de la oscuridad hasta el ángulo en que Toni andaba acompañado por el vaivén de los cipreses. El pobre muchacho tenía tanto miedo que ni siquiera se movía, parecía una estatua de sal.

Cuando vio aparecer una nueva silueta que avanzaba a gachas hacia él, trató de salir corriendo pero sólo logró dar unas pocas zancadas. La sombra lo alcanzó y le apoyó el cañón de un pequeño revolver en la cabeza. Luego, se oyó la voz distorsionada por el aparato:

—Si intentan algo, mato al chico. —Y susurró al oído de Toni—: Diles que te estoy apuntando. Diles que tengo un revolver, que va en serio.

El muchacho quiso repetir aquellas palabras, pero se puso a tartamudear y no fue capaz:

—Di... Dice... Dice que... Dice...

Mora escupió una maldición y acabó por responder:

—De acuerdo, pero pobre de usted si le pasa algo al chico.

—No se muevan y todo acabará bien.

Hizo avanzar a Toni encañonándolo, y no bien traspasó el umbral del cementerio se alejó del muchacho y se perdió en la noche.

Toni volvió a entrar en el cementerio chillando a voz en grito:

—Héctor, estoy bien. ¡Estoy bien! Mora lo inspeccionó de arriba abajo, le dio una palmada en la espalda y con aire socarrón:

—Chaval, ya tienes una batallita que contar.

Toni lo miró con ojos retadores, ojos amplificados por los cristales de culo de vaso de sus gafas, y bizqueando se atrevió a decir:

—No lo cogerán, es más listo que ustedes. —Quizá fuese la excitación de pasar del miedo al terror para acabar por verse libre otra vez lo que le dio valor suficiente, y añadió—: Cinco policías y no han podido con él. Es mucho más listo, mucho más.

Los ojos del inspector Mora estaban inyectados de sangre y tenían un brillo amenazador. Llamó a los muchachos y en cuanto los tuvo delante les echó la culpa de todo:

—Sois unos cretinos. Si no llega a ser por el cuatro ojos —apuntó a Toni con la cabeza como si quisiera embestirlo—, ya tendríamos al saltimbanqui ese. —Dio una patada en el suelo con rabia y elevó el tono—: No, si la culpa es mía, ¿quién me mandaba a mí liarme con críos?

Llegaron los agentes con el parte de que no sabían por dónde se les había escurrido la presa. Mora apretó los labios y la emprendió[10] con ellos, ¡qué juramentos soltó!

Los conductores de los vehículos que pasaban frente al cementerio aceleraban al oír aullidos en tan tenebroso lugar. Sólo se detuvo un coche de patrulla.

Cuando Mora vio los destellos azulados, hizo que los chicos se marcharan a escape:

—Largaos[11] rápido, antes que os empapelen.

En realidad los ahuyentó para que no se supiera que colaboraban menores con su brigada.

El rastreo de la policía fue inútil. La sombra encapuchada, qué astuta, había vuelto al cementerio tras saltar la tapia y se introdujo en un nicho alto desde el que pudo ver hacia dónde iban los de la tropa. En cuanto los sabuesos se alejaron para dar una batida, salió del escondite y fue tras los pasos de los muchachos.

Notas lingüísticas

1. **Salvarla.** El pronombre **la** se refiere a Isabel, quien fue mencionada anteriormente.
2. **Darle cuerda** tiene por equivalente en inglés la expresión *to string someone along* o *to feed someone a line.*
3. **Tener cara** se refiere a una persona que en realidad no es nada tímida. Tal persona rompe las normas de las buenas maneras al tratar a otras personas.
4. **Ni corto ni perezoso** es un giro idiomático que significa **sin pensarlo dos veces**, o sea, apresurarse hacia un objetivo.
5. **Por poco se mata por ir en moto sin casco.** Aquí se ve el uso del tiempo presente (modo indicativo) para expresar una acción del pasado, lo cual, en este caso, tiene por equivalente en inglés la noción de *he nearly got killed.*
6. **Parecerse a** es la forma común en español de expresar la idea en inglés de *to look like someone or something*, por ejemplo, **me parezco a mi padre.**
7. **Hacerse el dormido** tiene por equivalente en inglés la noción *to pretend to be asleep.* Otras expresiones que siguen la misma

estructura lingüística son: **hacerse el tonto** (*to pretend to be dumb*), **hacerse el longui(s)** (*to act dumb*), **hacerse el grande** (*to act big* o *to act like the big shot*).

8. **Gerundio** es la terminología gramatical que se refiere al acto en proceso. En el contexto en el que se emplea la expresión es **gerundio**, significa algo como **vengan corriendo** o **vengan rápidamente.**
9. **¡Alto!** viene de la misma raíz germánica que la palabra inglesa *halt!*
10. **La emprendió.** El pronombre **la** aquí se emplea sin tener ningún antecedente en el texto. Sin embargo, es una convención lingüística en la forma singular femenina y se refiere a un concepto como **la furia** o **la ira.** La expresión **la emprendió con ellos** aquí, según el contexto, tendrá por equivalente en inglés algo como *he started in on them* o *he began to attack them.*
11. **Largaos.** Esta palabra es el imperativo afirmativo del verbo **largarse** para la forma **vosotros.** Normalmente el imperativo de **vosotros** lleva una *d* al final del verbo (**largad**). Sin embargo, cuando el verbo es reflexivo, el pronombre os desplaza la *d* final. Una excepción es el verbo **ir.** La forma reflexiva de **irse** es **idos.**

ACTIVIDADES

A. ¿Qué sabe usted?

1. ¿Cuál era la misión de Luis en el hospital?
2. ¿Cómo ocupó X al doctor Díaz en el hospital mientras Luis hacía su misión?
3. Con respecto al doctor Díaz, ¿cuál era el interés de Benjamín en el hospital?
4. ¿Qué creía la abuela de X cuando se encontró con un mendigo? ¿Qué opina usted sobre quién podría ser el mendigo?
5. ¿Cuál era el plan de X cuando subió a su habitación a dormir después de cenar?
6. ¿Cuál era la forma de componer el nombre de guerra de la tropa?

7. ¿Cómo reaccionaron los chavales en el cementerio? Dé dos ejemplos.
8. ¿Qué hizo el encapuchado en el cementerio?
9. Después que el encapuchado dejó libre a Toni, ¿qué le dijo al inspector Mora?
10. ¿Cómo reaccionó Mora después que se escapó el encapuchado?

B. Comentarios sobre el dibujo (página 42)

1. Haga una descripción del ambiente del cementerio.
2. Explique porqué cada una de las tres personas están en el cementerio y qué hacen.

C. Actividad cooperativa de conversación

1. ¿Cuál era el papel de Luis en el hospital y qué hizo?
2. ¿Cuál era el papel de X mientras Luis hacía su misión, cómo lo hizo X y qué dijo?
3. ¿Qué hicieron los otros mientras X y Luis hacían su misión?
4. ¿Qué le pasó a Toni en el cementerio? ¿Qué dijo y qué hizo?

D. Ideas personales

1. Isabel recibió un golpe en la nuca y se le internó en el hospital. Otro paciente tuvo un accidente en una moto y se encuentra en el hospital con medio cuerpo escayolado. ¿Qué experiencia ha tenido usted con algún accidente grave? ¿Fue un accidente propio o el de un conocido? Explique cómo pasó.
2. Héctor habló al médico con tono de admiración que parecía real. O sea, en realidad Héctor habló con tono disimulado. ¿Ha tenido usted que hablar de esa forma alguna vez o le han hablado a usted de esa forma? Explique el caso.
3. ¿Qué opinión tiene usted de los médicos, en general? ¿De las enfermeras o de los enfermeros, según el caso?
4. El abuelo de Héctor trataba de conversar con el muchacho. Le preguntaba por las notas, por las asignaturas, por los partidos de fútbol. Normalmente, ¿de qué temas habla usted con los padres? ¿Con los amigos? ¿Con los profesores?
5. ¿Qué experiencia ha tenido usted con los cementerios? Explique.
6. ¿Ha visto un acto delincuente o algún robo o cualquier otro delito? ¿De qué se trataba?

7. Explique usted una decisión que tomó jugándose a cara o cruz.
8. Susana miró abochornada a Benjamín y a Toni. Se sintió usted así una vez por lo que había hecho un amigo o amiga cuando usted estaba con él o ella? ¿Qué pasó?
9. En casa, la abuela de Héctor le prepara sus postres favoritos. ¿Cuáles son sus postres favoritos? ¿Quién se los prepara? ¿Para qué ocasión especial le gusta comer ese postre especial?
10. Cuando la abuela entró en la habitación de Héctor, éste se hizo el dormido. En varias ocasiones usted probablemente se ha hecho el dormido. Explique usted porqué lo hizo.
11. Mora dice que los chicos le han jeringado la noche del sábado. Quiere decir que le han arruinado su noche. ¿Quién le ha jeringado a usted una noche o un día o alguna actividad especial?
12. Mora le dio la orden a la figura encapuchada a que no se moviera. Le gritó **¡Alto!** ¿Cuáles son las órdenes con las que usted tiene que vivir todos los días? Explique usted qué orden (u órdenes) le dan a usted y porqué.

E. Más vale pluma que espada

Escójase uno.

1. La calidad del servicio de sanidad en los hospitales de este país.
2. Las experiencias escalofriantes que usted ha visto o ha sufrido.

F. Más puntos culturales

1. El servicio de los hospitales de España es semejante al que se encuentra en los Estados Unidos. Hay salas de emergencia, departamentos de radiografías (rayos-X), laboratorios en los que se analiza la sangre y la orina y sacan **electros**, o sea electroencefalogramas o electrocardiogramas. Además, hay servicio de cocina y de limpieza.
2. La noción de que el cementerio de noche es un lugar escalofriante también se aplica a España. Las nociones de tumbas, sombras y muertos se combinan para presentar un cuadro bastante espantoso. Así que no es de extrañarse que Mora diga que en la noche los chavales pasarán miedo allí rodeados de tumbas.

5

Orientación Inicial

A. Un puño de puntos claves

1. Las dificultades en las que Benjamín se involucró
2. Las maniobras en las que Héctor se involucró
3. Las maniobras que hizo la figura misteriosa en esta sección
4. Cómo participó la bomba H en las actividades del grupo y las cosas que le pasaron a ella en esta sección

B. ¿Qué opina usted?

Intercambie con un compañero o una compañera sus opiniones sobre estos temas. Tome nota de sus ideas. Haga una presentación a la clase.

1. Las emociones que tendrá uno al entrar ilegalmente en un lugar prohibido.
2. Las lesiones que resultan de las caídas accidentales en casa.
3. La necesidad de conseguir la cooperación de los miembros de un grupo para poder llevar a cabo algún proyecto.
4. Las emociones que uno siente cuando ha hecho algo positivo y recibe el reconocimiento de otras personas.

C. ¡Diga usted!

1. Usted y cuatro de sus amigos más íntimos van por un tesoro que está escondido en el sótano de un viejo edificio en el centro de la ciudad. Ustedes no quieren que nadie sepa lo que van a hacer para buscarlo. ¿Qué planes tienen ustedes para buscar el tesoro clandestinamente? ¿Cómo y cuándo van a entrar en el sótano del edificio, cómo van a localizar el tesoro una vez que estén en el sótano y qué herramientas van a llevar para facilitar el descubrimiento del tesoro?
2. Una noche mientras regresa a casa, usted presencia un atraco en el que una figura misteriosa ataca a una mujer indefensa. Parece que el motivo del ataque sea el robo, pero usted no está seguro(a). La mujer intenta gritar con unos chillidos ahogados, pero no la oye nadie más que usted. ¿Qué puede hacer usted? ¿Qué piensa hacer y cómo lo hará?

D. Puntos culturales

1. **La bovedilla** es la parte del techo que se construye entre las vigas. A veces las bovedillas son redondas; a veces son planas. El techo redondo es común en la arquitectura española por la gran influencia romana en el uso de arcos en la construcción.
2. **Los barrotes** que se encuentran en las ventanas de las casas particulares y las tiendas son muy comunes en los países hispanos y latinos. Sirven para que nadie que no sea de la casa pueda entrar desde la calle sin el permiso de los dueños.
3. En España y otros países latinos las vecindades son como una ciudad pequeña con todos los servicios necesarios, de manera que la gente que vive en la vecindad no tiene que caminar lejos para comprar o conseguir las necesidades que desean.

TEXTO

Héctor y los de la tropa pasaron por la madriguera para coger[1] el plano y se encaminaron a la antigua filatelia.

Llegaron al portal de al lado sin darse cuenta de que la sombra encapuchada los había ido siguiendo hasta allí.

Luis echó mano de una llave larga y herrumbrosa «de cuando vivían mis padres.» Se introdujeron[2] casi de puntillas hasta el fondo de la planta baja y levantaron la baldosa que ocultaba la llave de la pequeña puerta de la tienda que se estaba convirtiendo en hamburguesería.

Benjamín llevaba sus instrumentos en la mochila de combate. Extrajo la linterna y tras advertir:

—En cuanto nos metamos en la tienda, nada de encender luces... No hay que llamar la atención.

Iluminó el camino y pasó el primero al interior del local en obras.

En seguida buscaron el hueco del desagüe y se pusieron a dar martillazos sobre trapos para matar el ruido. A la media hora habían abierto ya un boquete por el que cabía el pequeño del grupo.

Le ataron una cuerda a la cintura y lo fueron bajando[3] poco a poco.

—¿Qué ves? —preguntó Héctor.

—Parece un pozo.

—Según el plano, tendría que haber[4] un sótano con el techo muy bajo —dijo Luis que seguía con el dedo el dibujo de su padre a la luz de una cerilla.

—Es un pozo cuadrado —insistió Benjamín que ya había tocado fondo.

—¡Qué raro! —exclamó el jefe de la tropa.

—¿Cómo son las paredes? —preguntó Toni asomando la cabeza por el boquete.

Benjamín lo enfocó con la linterna y los cristales de las gafas brillaron como los ojos de una lechuza.

—Esta es de cemento —respondió palpando el muro del fondo—. Esta de ladrillo... Las otras dos parecen recién terminadas, el ladrillo se ve muy limpio..., muy rojo.

Héctor y Luis trataban de situar en el plano lo que iban oyendo. La bomba H no paraba de encender cerillas que sujetaba hasta chamuscarse los dedos. Por fin X llegó a una conclusión:

—Las monedas de oro deben de estar al otro lado.

El muchacho señaló una de las paredes nuevas.

—¿Qué hacemos? —preguntó F desde el fondo del pozo.

Su voz sonó con ecos de ultratumba. La bomba H se apresuró a decir:

—Hay que agrandar el boquete para que entre Héctor.

—¿Por qué Héctor? —objetó Benjamín desde las profundidades.

—F tiene razón. Si bajo yo, habrá que abrir menos —susurró Toni.

—Bajará Luis —ordenó X—. Es el único que conoce el terreno.

Subieron a Benjamín tirando de la cuerda, y continuaron con los martillazos. De repente cedió media bovedilla. La bomba H y Benjamín cayeron entre los cascotes.

Héctor se lanzó al suelo y metió la cabeza en la abertura llena de polvo: —¿Estáis bien? ¿Estáis bien?

La linterna se había hecho pedazos y no se veía nada. X pasó la cuerda por uno de los barrotes de hierro de la ventana y empezó a descender apoyando los pies en las paredes.

◆

F había estado a punto de darse un mal golpe. Al perder el equilibrio cayó de espaldas pero la bomba H que tenía más reflejos que un gato lo agarró en el aire y chocaron contra el suelo hechos un ovillo. El cuerpo de la chica le hizo de colchón y él se levantó sin un rasguño, ella con sangre en manos y piernas.

Cuando Héctor llegó al fondo ya se estaban incorporando. Pudo verlos gracias a la cerilla que encendió Toni arriba en la misma boca de la abertura.

En cuanto X comprobó que las heridas de la bomba H no eran de gravedad, anunció:

—Están bien.

—¿Podemos bajar? —preguntó Toni.

—Esto es muy estrecho, pero cabemos. —Se interrumpió. El polvillo lo hizo toser y acabó por decir—: Bajad las herramientas, me temo que habrá que hacer un túnel.

Una vez situaron el punto en que creían estar en el plano, se pusieron a abrir boquete en una de las paredes nuevas. La profundidad ahogaba los ruidos y esta vez no hicieron nada por silenciarlos.

Al principio se alumbraron con cerillas pero bien pronto Benjamín se acordó de que llevaba una vela en la mochila. La prendieron y continuaron dando martillazos con una iluminación que aunque precaria les pareció un regalo del cielo.

La sombra encapuchada andaba escondida en una zona oscura de la calle. «Deben de estar buscando las monedas —pensó—. Entonces..., el plano que me dio el chico debía de ser falso... ¡Maldito![5] Por poco me cazan en el cementerio por su culpa... ¡Maldito! ¡Maldito! ¡Mal...!»

Continuó soltando juramentos mientras oía en el fondo de la casa los ruidos sordos de los martillazos como si fuesen latidos del suelo. «¿Cómo entraré en el portal? ¿Cómo?», acabó por preguntarse.

Al cabo de un rato apareció una vieja dama que regresaba a casa tras cenar con sus hijos. Se detuvo ante el portal, buscó la llave en el bolso e iba ya a abrir, cuando la sombra encapuchada la atacó por la espalda.

◆

La sombra dio un golpe en la nuca de la pobre abuela que se desplomó sin emitir un quejido.

Quien la atacó llevaba esparadrapo grande y una botellita de cloroformo en el bolsillo del pantalón. Cerró la boca de su víctima con el adhesivo y le aplicó a las fosas nasales una gasa impregnada de somnífero.

Era como jugar con un muñeco de cabello cano y limpísimo, piel transparente y expresión que recordaba la de los muertos. La sombra se alarmó al ver aquella cara de pergamino con ojeras violáceas y le tomó el pulso. «Está viva.»

Luego le ató las manos a la espalda y la metió en el portal para dejarla tumbada en un ángulo, detrás del hueco del ascensor. Mientras los de la tropa seguían agujereando, la sombra encapuchada se decía:

«Sí, van por las monedas de oro. ¿Cómo entraré en la tienda? ¿Cómo puedo abrir esa puertecilla de madera...? Si la derribo, despertaré a toda la casa...»

Decidió esperar en el fondo de la planta baja. Su silueta negra y amenazadora era estilizada y no podía asegurarse si correspondía a hombre o mujer. «Trabajad,[6] trabajad enanos, que así me lo ponéis más fácil.»

Cuando el agujero permitió que Benjamín pasara al otro lado, X le ató de nuevo la cuerda a la cintura y advirtió:

—Andate con mucho ojo. No sabemos qué obras han hecho y puedes encontrarte con un pozo de desagüe o...

—Si no me suelto, ¿qué puede pasarme? —repuso el pequeño del grupo—. A no ser que me caiga el techo sobre la cabeza, que hoy no es mi día.

Era muy supersticioso y llevaba en la mochila un trébol de cuatro hojas y amuletos de la suerte.

Benjamín pasó a duras penas por el boquete, y cubierto de polvo se puso a inspeccionar a la luz de la vela lo que había al otro lado. En seguida exclamó:

—¡Qué cosa más rara! Parece una iglesia con el techo redondo y... de ladrillos viejos.

Acababa de meterse en el sótano abovedado que en tiempos había sido bodega de un comerciante de licores. El dueño del local vecino lo traspasó un buen día a una caja de ahorros y decidió vivir de renta.

Tan pronto como Luis oyó a F, se llevó la mano a la cabeza y exclamó:

—¡Nos hemos equivocado! Esa es la bodega de la casa de al lado. Ya estoy situado.

Héctor pidió la vela a Benjamín y se puso a estudiar de nuevo el plano con Luis.

—¿Dónde estamos? —preguntó el jefe de la tropa.

—Nos hemos equivocado y hemos abierto el boquete demasiado atrás.

—¿Qué te parece mejor, agujerear por el otro extremo de este pozo o meternos donde está Benjamín y entrar por allí?

—Depende de lo que cueste agujerear en el sótano de al lado.

Héctor asomó la cabeza por el hueco y preguntó a F:

—¿Se ven muy fuertes las paredes?

—No..., no. Los ladrillos —repuso palpando casi a ciegas la bóveda— parecen menos duros de pelar, y además esto es más ancho y se puede trabajar mejor.

La voz de Benjamín les llegaba con sordina y Toni observó:

—Voto por que pasemos todos a la cueva esa. Además de no estar como sardinas en lata,[7] veo otra ventaja: no se oirá el ruido que hagamos. —Señaló adonde suponía estaba F—: Quizá podamos abrir un túnel con uno de los petardazos que tanto le gustan al dinamitero.

La bomba H objetó:

—¿Por qué no probamos y hacemos otro agujerito pequeño aquí mismo, pero más adelante? Si Benjamín ve luz, querrá decir que no sirve porque lleva al mismo sitio. Si no la ve, estaremos en el sótano del tesoro... Y a lo mejor es más fácil hacer un agujerito que abrir un boquete para que pasemos todos.

Héctor no estaba seguro de que la idea de la chica fuese buena, pero se dijo: «Después del paradón que ha hecho salvando el coco[8] de F, se merece que hagamos por una vez su santa[9] voluntad.» Y exagerando el tono admirativo:

—¡Qué buena idea has tenido, Susana!

Incluso la llamó Susana —normalmente era la bomba H y punto—. El mismo la[10] emprendió a martillazos en el lugar exacto que había indicado la chica.

Ella lo miró con ojos blandos y se puso a ayudarlo a limpiar el orificio de cascotes. Bien pronto taladraron la pared de ladrillos pero se encontraron con un imprevisto. Detrás habían construido un muro de hormigón y nada pudieron hacer para seguir adelante. X miró a la chica con ojos de «lo siento, pero es imposible» y decidieron atacar por el sótano abovedado en que Benjamín esperaba con impaciencia.

Una vez lograron agrandar el boquete, Héctor dijo:

—Hay que ir por otra linterna. La cosa se está complicando y la vela no durará mucho.

Toni se ofreció:

—Treparé por la cuerda. Lo hago como los del circo.

Benjamín le explicó en qué escondites de la madriguera guardaba otra linterna y velas. Luis le dio la llave del portal, y Toni subió agarrándose a la cuerda y apoyando los pies en las paredes del pozo. Al salir por la puertecilla la dejó entornada para ahorrarse luego tener que buscar la llave bajo la baldosa.

La sombra encapuchada aprovechó la ocasión y se coló en la tienda en obras tan pronto como el muchacho salió del portal.

Notas lingüísticas

1. **Coger.** El sentido de este verbo puede cambiar, según el país donde se usa. Otros verbos más o menos sinónimos son: **agarrar** o **tomar.** En algunos lugares, el verbo **coger** lleva un sentido indecente.
2. **Se introdujeron** es un cognado falso. El verbo significa **entrar** en un lugar o en una materia. El cognado falso en inglés, *introduce*, a veces significa presentar una persona a otra persona. En español no tiene ese sentido.
3. **Ir + -ndo** es una convención lingüística en español que indica progresión o acción en proceso. O sea, el verbo **ir**, que funciona de verbo auxiliar, se conjuga al tiempo verbal indicado, y se le agrega el gerundio del verbo principal.
4. **Tendría que haber** es una forma impersonal del verbo **haber.** La forma más común del verbo **haber** es **hay.** Se usa siempre en forma singular, aún cuando el cumplimiento es plural (**hay tres policías**). Se dice también **va a haber, debe haber, parece haber** y **suele haber.** Estas expresiones se adaptan a cualquier tiempo verbal.
5. **Maldito** es un juramento que significa *damn*; **¡maldito sea!** (*damn it!*).
6. **Trabajad.** Se emplea el imperativo informal con los jóvenes.
7. **Sardinas en lata** es una expresión muy común en muchas partes del mundo.
8. **El coco.** En el argot de los jóvenes, **coco** se refiere a la cabeza.
9. **Santa voluntad.** El uso de **santa** proviene de la gran influencia de la religión en la lengua cotidiana del pueblo español. Aquí sirve para intensificar la siguiente palabra.
10. El pronombre **la** aquí es una convención lingüística que se emplea sin tener ningún antecedente en el texto. En el texto de aquí **la** se refiere a un concepto como, por ejemplo, **la tarea** o **la cosa.** La expresión **la emprendió a martillazos** tendrá por equivalente en inglés algo como *he began to attack it* (*the wall*).

ACTIVIDADES

A. ¿Qué sabe usted?

1. ¿Cómo pudieron entrar en la antigua tienda de filatelia los de la tropa?
2. ¿Por qué llevaba Benjamín una mochila de combate?
3. ¿Por qué era necesario abrir un boquete en el suelo de la tienda de filatelia?
4. ¿Por qué se enojó tanto la sombra encapuchada?
5. ¿Qué le hizo la sombra encapuchada a la vieja dama que regresaba de una visita con sus hijos?
6. ¿Por que dijo Luis que los chavales se habían equivocado?
7. ¿Por qué consintió Héctor a la idea de Susana de hacer otro agujerito?
8. ¿Qué llevaba Benjamín en su mochila por ser supersticioso?
9. ¿Qué pasó que resultó en el regreso de Toni a la madriguera?
10. ¿Qué tuvo que hacer Toni para que saliera del sótano?

B. Comentarios sobre la lectura

1. Haga una descripción global sobre lo que pasó en esta sección.
2. Explique porqué tuvieron estas aventuras los muchachos.

C. Actividad cooperativa de conversación

1. La ayuda de Benjamín: ¿qué hizo y cómo lo hizo?
2. Las maniobras de Héctor: ¿qué hizo y cómo lo hizo?
3. Una descripción del lugar donde trabajaban.
4. Las acciones y los pensamientos de la sombra.

D. Ideas personales

1. Usando sus propias palabras en español, explique el ataque que le hizo la figura encapuchada a la vieja dama. ¿Qué opinión tiene usted de las personas que atacan a otras personas inocentes?
2. Escriba usted un diálogo de ocho líneas entre Héctor y Susana cuando X aceptó la idea de la bomba H de hacer otro agujerito pequeño. El diálogo debe incluir lo que podrían haber dicho cuando ella le ayudaba a quitar los cascotes del agujero.
3. Los muchachos tuvieron que trabajar juntos para alcanzar su meta. Probablemente usted haya tenido que cooperar con otros amigos en algún proyecto para alcanzar sus metas. Explique con quiénes tenía que cooperar en un proyecto y qué tenía que hacer. ¿Qué proyecto era? ¿En qué consistía el proyecto?
4. Es irónico que Susana haya protegido a Benjamín cuando cayeron desde la planta baja al sótano. Explique usted la ironía.
5. Benjamín lleva en la mochila un trébol de cuatro hojas y unos amuletos de la suerte. ¿Es usted supersticioso(a)? ¿Qué medidas toma usted para espantar la mala suerte?
6. Toni observó que en el cuarto del sótano, los de la tropa estaban como sardinas en lata. ¿En qué situaciones ha estado usted como sardina en lata? Explique el caso.

E. Más vale pluma que espada

Escójase uno.

1. El dicho **quien no se aventura no pasa la mar** encaja muy bien los esfuerzos de los chavales a buscar el cofre de las monedas de oro. ¿Qué quiere decir este dicho y cómo se aplicaría en su propia vida? ¿Quiénes son algunas personas que pueden aplicar este dicho a su vida? Explique.
2. **La superstición.** ¿En qué lugares del mundo tiene más importancia? ¿Por qué existe? ¿Cómo existe la superstición en la vida de usted o en la de algún conocido?

F. Más puntos culturales

1. La vieja dama volvía a su casa y para entrar en el edificio de pisos, tuvo que sacar la llave para abrir el portal, que es la puerta principal del edificio de varios pisos. Un piso en España es un apartamento. Durante el día, el portero vigila el portal, la entrada principal del edificio. El vestíbulo de la planta baja es la portería. En Madrid, por ejemplo, la gran mayoría de los habitantes viven en su propio piso o lo alquilan.
2. La superstición, como en muchas partes del mundo, es un fenómeno común entre las sociedades hispanas. La superstición proviene en parte de algunas creencias religiosas y en parte de otros factores psicológicos.
3. **El circo** es una diversión muy popular en España y otros países hispanos.

6

Orientación Inicial

A. Un puño de puntos claves

1. Las provisiones que trajo Toni y lo que hicieron con ellas los de la tropa
2. Las exploraciones de Benjamín en el siguiente local donde él pudo llegar
3. Los movimientos de la silueta misteriosa mientras los muchachos trabajaban
4. Los acontecimientos que les ocurrieron después que la sombra les apuntó el arma

B. ¿Qué opina usted?

Intercambie con un compañero o una compañera sus opiniones sobre estos temas. Tome nota de sus ideas. Haga una presentación a la clase.

1. Las emociones que usted siente cuando, tras trabajar mucho, un amigo aparece con alimentos sabrosos para compartir con usted.
2. El ánimo que uno siente cuando tiene que trabajar mucho para alcanzar una meta importante.

3. Los sueños fantásticos que tienen los jóvenes con respecto a lo que quieren hacer en la vida, suponiendo que tuvieran todos los recursos necesarios para alcanzar sus sueños.

C. ¡Diga usted!

1. De noche usted y sus amigos se encuentran en un viejo edificio intentando localizar un tesoro. ¡Y ya lo localizaron! De repente una persona con malas intenciones los descubre y trata de apoderarse del tesoro. ¿Qué hace usted para proteger tanto al grupo de amigos como el tesoro?
2. Usted y sus amigos ya han descubierto un tesoro de muchas monedas de oro y de plata. ¿Qué piensan hacer con el dinero? Usted sabe que hay dos soluciones: utilizar el dinero para ayudar a otras personas o gastar el dinero en diversión. Bueno, usted opta por hacer las dos cosas. ¿En qué va a gastar el dinero?

D. Puntos culturales

1. En el mundo deportivo, el fútbol (o sea, el *soccer* norteamericano) es el deporte más importante de España. Todos los centros urbanos tienen por lo menos un club deportivo con el cual está afiliado un equipo de fútbol. El club más conocido de Madrid es el Real Madrid y el de Barcelona es el Barça. Los dos clubes son eternos rivales. El fútbol se originó en la Gran Bretaña. Algunas palabras inglesas todavía figuran en la lengua española, como por ejemplo *penalty*.
2. Los chavales de la tropa comparten equitativamente las galletas y las chocolatinas. Es importante compartir entre amigos. Incluso, cuando van a comer o simplemente a tomar un refresco en un café o restaurante, los amigos toman su turno para pagar. Normalmente, la regla es **quienquiera invite, paga**.

TEXTO

La silueta con el pasamontañas negro se ocultó en un rincón. No sabía si Toni iba a regresar o no, pero se dijo: «El macaco ése ha dejado la puerta entornada..., y quizá vuelva en seguida... Es mejor que me esconda a esperar y ver.»

De ver, se veía poco. La tienda en obras estaba en la penumbra y sólo se colaba un poco de la luz de una farola por la ventana con barrotes. De uno de ellos colgaba la cuerda.

Al poco rato Toni apareció con una bolsa de plástico en la que llevaba linterna, velas, cerillas, galletas[1] y chocolate. Estuvo a punto de volver con la bandera pirata, pero no lo hizo. Temía que Héctor se riera de él.

Esta vez sí cerró la puerta al entrar, y pasó muy cerca de la sombra encapuchada cuando se dirigió a la abertura del suelo para descender.

Tan pronto como el muchacho se perdió en el pozo, la sombra se aproximó a la boca del agujero con sigilo, casi de puntillas. Qué lejos estaba Toni de suponer que lo estaban acechando desde arriba.

Su aparición y la bolsa de la intendencia fueron saludadas con bravos dichos en voz baja.

El boquete permitía ya el paso a todos. Incluso la sombra podía colarse por el hueco que acababan de abrir.

Los de la tropa pasaron al sótano de bóveda de ladrillo en que Benjamín andaba buscando el punto más débil para iniciar el nuevo boquete que debía llevarlos al escondite de las monedas de oro.

Antes de acometer el nuevo esfuerzo Toni propuso:

—¿Por qué no paramos para comer un poco? Y extrajo de la bolsa cuanto podía ser masticado.

—Totalmente de acuerdo. Totalmente —exclamó el pequeño del grupo imitando la voz de su padre cuando el árbitro pitaba un penalty a favor de su equipo.

—Totalmente. Totalmente —repitió la bomba H.

Se sentaron en el suelo alrededor de la luz de una vela. —Héctor había dicho que tenían que economizarlas y sólo les dejó encender aquélla—. Hicieron un reparto equitativo de galletas y chocolatinas. Comieron como lobos y en un santiamén sólo quedaron los envoltorios.

Mientras tanto la sombra encapuchada había decidido descender por la cuerda. Las voces de los muchachos se oían apagadas y pensó que no debía permitir que se alejaran. «No voy a dejar que me den esquinazo...»

Benjamín había dado con una zona de la pared en que los ladrillos estaban sueltos. X consultó el plano con Luis y dijo:

—Esta vez tenemos que asegurarnos.

Se pusieron a medir a palmos y llegaron a la conclusión de que aquel punto llevaba al «tesoro de Luis».

La sombra seguía sus movimientos desde el otro lado del boquete que habían dejado atrás.

Empezaron a dar martillazos de nuevo y comprobaron que ahora iba a resultarles mucho más fácil. Bien pronto consiguieron abrir un pequeño agujero. A Héctor le escamó la facilidad con que estaban venciendo lo que suponían iba a ser el último obstáculo.

—Mucho ojo —advirtió—. Este muro parece viejo y hay que tener cuidado... Que no se nos venga encima.

Fueron separando ladrillos y cascotes con las manos tras dar golpes suaves. Por fin, ¿cómo no?,[2] fue el pequeño del grupo quien se coló como una lagartija. La cuerda ya no llegaba hasta allí, y Héctor lo sujetó por los zapatos hasta que Benjamín aseguró que al otro lado había un suelo resistente.

F exploró con la linterna el nuevo espacio en que se había metido y fue describiendo cuanto veía:

—Hay paredes de hormigón. Se ven muy limpias..., como si acabaran de terminarlas. Se parecen a la que nos ha salido al final del hueco de la bomba H.

—¿Qué más? —preguntó Héctor.

—Una pared es antigua. Parece pintada...

—¿Se ve alguna mancha grande? —Luis se interrumpió para precisar—: Las monedas de oro deben de estar detrás de la marca del armario que subieron arriba, y tiene que verse en la pared su...

—¡Ya lo tengo! —chilló con todas sus fuerzas—. Aquí está.

Héctor y Luis estudiaron el plano y le dieron instrucciones:

—Empieza por el suelo... —F hizo cuerpo a tierra con tanto entusiasmo que poco faltó para que se rompiera la linterna—. Colócate en el extremo izquierdo de la marca del mueble. Ahora cinco palmos a la derecha y tres hacia arriba.

—Aquí suena a hueco —exclamó Benjamín.

Y se oyó con claridad el cloc, cloc.

Benjamín golpeó varias veces con los nudillos en aquella zona de la pared. Luego dijo:

—Pasadme las herramientas. Hay que agujerear para sacar las monedas.

Héctor se rascó el cogote y repuso:

—Espera, prefiero hacerlo yo.

—¿Por qué?

El jefe de la tropa fijó la mirada en los ladrillos sueltos de la bóveda, «podría derrumbarse», y acabó por contestar:

—Porque los muros son viejos y hay que andarse con cuidado.

—Pues... tendré mucho cuidado.

—No. Antes quiero ver cómo está la pared.

Y se puso a ensanchar el boquete hasta que consiguió meterse donde lo aguardaba F.

Toni, Luis y la bomba H lo siguieron.

La sombra estaba pendiente de todo lo que hacían y asomó la cabeza. «Se han escabullido por allí —se dijo apuntando hacia la abertura iluminada. Acarició el revólver y echó la cabeza hacia delante con resolución—: Ha llegado el momento...»

Se introdujo sin hacer ruido en el sótano de bóvedas de ladrillo y se acercó al hueco por el que acababan de desaparecer los de la tropa.

Su silueta se hizo más larga aún al ser proyectada contra el techo rojizo por el haz de luz que salía del boquete.

Héctor examinó la mancha que había dejado en la pared el armario que ya no estaba, y por fin decidió empezar a perforar.

Tan pronto como se puso a dar los primeros martillazos, se desprendió una lámina de yeso y apareció el cofre.

La sombra, que iba siguiendo la operación desde el otro lado, se dijo con júbilo: «Ahora sí lo tengo. Ha merecido la pena el riesgo...»

Fue por la cuerda que colgaba del barrote de la ventana y pensó: «Es bastante larga para amarrar bien a todos esos enanos.» Regresó al boquete. La[3] dejó en el suelo como si preparase un lazo de cowboy y empuñó el revólver.

—No os mováis —chilló introduciendo el arma por la abertura.

Héctor, la bomba H, Toni y Luis se hallaban dentro del campo de acción del revólver, pero Benjamín estaba en un rincón y la sombra no lo vio.

El pequeño del grupo andaba[4] cerca de la mochila y, en cuanto se dio cuenta de lo que sucedía, se pegó a la pared y no hizo el menor movimiento.

Se oyó la voz distorsionada por los ecos del micrófono:

—Venga, salid en seguida o empiezo a disparar.

Benjamín, con sigilo, extrajo el más potente de los petardos del arsenal mientras pensaba: «Estalla como dinamita..., como una bomba. Esa mala bestia seguro que saldrá corriendo... Creerá que le cae el techo sobre la cabeza... Sí, saldrá corriendo..., saldrá corriendo... Tiene que salir corriendo. Si no, ¡pobres de nosotros!»[5]

Sus compañeros se dieron cuenta de la maniobra y, para ganar tiempo, permanecieron inmóviles.

—Venga, rápido —insistió la sombra encapuchada—. ¡Obedeced o disparo!

La bomba H hizo como si[6] fuera a avanzar pero tropezó adrede con un cascote y se cayó al suelo.

—Levántate, imbécil —escupió elevando el cañón del revólver para volver a apuntarlos en seguida.

F avanzó arrastrándose y dejó el artefacto en el suelo, debajo del boquete. Prendió la mecha con un encendedor.

Aunque hizo la operación con cuidado y sin un crujido, la sombra vio el resplandor de la llamita y soltó:

—¡Nada de trucos! Salid de una vez, imbéciles. Salid, ya.

Benjamín salió a escape pero lo hizo para volver al rincón en que estaba la mochila logrando no dejarse ver por quien los amenazaba con el arma. La bomba H no se movió del suelo. Luis, Toni y Héctor permanecieron junto a la pared del cofre.

El petardo explotó con un estruendo enorme, y sucedió algo que Benjamín no había previsto: el muro que había perforado para entrar en el sótano de las monedas de oro se derrumbó y quedaron atrapados allí.

◆

Al principio se asustaron mucho. Benjamín llegó a decirse: «Todo se nos viene encima.» En cuanto cesó el estruendo, Héctor se puso a preguntar como un loco:

—¿Estáis bien? ¿Estáis bien?

Los envolvía una niebla de polvillo y todos se reunieron alrededor de la luz de la vela que no llegó a apagarse. Pronto se dieron cuenta palpándose brazos y piernas de que no habían sufrido más daño que un buen susto.

Al ver que el derrumbe acababa de cerrar el boquete por el que la sombra los apuntaba con el revólver, tuvieron unos momentos de júbilo. Sin pensar siquiera en cómo iban a salir de allí tomaron el cofre de cantos dorados y lo abrieron.

Parecía un tesoro de piratas. Estaba lleno de monedas de oro, algunas muy antiguas.

Benjamín metió la mano y la alzó llena de piezas mientras chillaba:

—¡Doblones! ¡Doblones!

Todos abrazaron a Luis para felicitarlo:

—Vas a tener más millones que el tío Gilito —exclamó Toni.

—¿Continuarás la colección de monedas? —preguntó la bomba H.

—Cuando seamos mayores, ¿nos montarás algún chollo? —quiso saber Benjamín.

Luis se acordó de sus padres y tuvo que hacer un gran esfuerzo para no romper en llanto. Luego anunció:

—Montaremos un negocio con parte de este dinero, y trabajaremos juntos en algo que nos guste y sea nuestro. Con el resto de las monedas continuaré la colección de la familia.

—¡Viva Luis! —chilló Benjamín—. Me pido ser el cajero. Me encanta oler los billetes. Sí, me encanta.

—Yo quiero ser jefe —dijo Toni, y se corrigió—: Bueno, Héctor y yo seremos los jefes... Yo seré el segundo jefe, ¿verdad Héctor?

—Y yo, doctora... Si llegamos a tener mucha gente trabajando con nosotros..., visitaré de nueve a once de la maña...

X, con cara de palo, la interrumpió: —Si salimos de ésta.

Todos se miraron. Se fijaron en las paredes sin aberturas y la bomba H susurró:

—¿Se nos acabará el aire?

Las palabras de la chica cayeron como un jarro de agua fría. Toni, muy pálido, preguntó:

—Héctor, ¿qué puede pasarnos si se acaba el aire?

Benjamín contestó sin inquietarse, como si hablara de un asunto que no los afectase:

—En una película vi que dos exploradores se quedaban encerrados en una gruta y empezaban a ahogarse cuando les faltaba el...

Héctor no le dejó terminar la frase:

—Menos charla y manos a la obra. —Asignó una pared a cada uno y dijo —A ver si descubrimos entradas de aire.

Empezaron a recorrer los muros con los dedos. Se pusieron a gatas[7] para examinar los bajos pero no encontraron grietas ni aberturas. Nada.

Notas lingüísticas

1. Hay dos tipos de galletas: las dulces y las saladas. A veces no es necesario especificarlas, ya que el contexto dará a entender el tipo de galletas.
2. La inclusión de una pregunta en medio de una oración declarativa es parte del estilo personal del autor de reflejar una narración más o menos natural.
3. El pronombre **la** se refiere a la cuerda, que se mencionó antes.
4. El verbo **andar**, además de conotar el acto de caminar, ir o funcionar, también sirve como sinónimo al verbo **estar**.
5. **¡Pobres de nosotros!** tiene por equivalente en inglés la expresión *woe be to us!*
6. **Como si** siempre requiere el uso del imperfecto del subjuntivo, ya que la semántica de la expresión propone una situación hipotética o irreal.
7. La partícula **a** aparece muchas veces con **ponerse** para forma una estructura lingüísticamente rica: **ponerse a trabajar**, **ponerse a picar** o **ponerse a gatas** (*get down on all fours*).

ACTIVIDADES

A. ¿Qué sabe usted?

1. ¿Qué trajo Toni de la madriguera que resultó en mucho júbilo entre los muchachos?
2. ¿Qué decidió hacer la sombra mientras los muchachos descansaban un rato?
3. ¿Qué tuvieron que hacer los de la tropa para asegurarse de que habían dado con el punto donde estaba el tesoro?
4. ¿Qué indicación había que ellos habían encontrado el sitio donde estaba guardado el cofre de monedas?
5. ¿Por qué decidió Héctor agujerear en la pared en vez de Benjamín?
6. ¿En qué momento se decidió la sombra encapuchada a gritarles que dejaran de moverse?
7. ¿Qué hizo Benjamín mientras la sombra apuntaba el arma hacia los otros muchachos?
8. ¿Qué pasó en el sótano como resultado de las maniobras de Benjamín?
9. ¿Qué descubrieron en el cofre?
10. ¿De qué hablaron en un momento de júbilo y luego en un momento de miedo?

B. Comentarios sobre el dibujo (página 64)

1. Haga una descripción del derrumbe en el sótano.
2. Explique porqué hubo un derrumbe tan desastroso.

C. Actividad cooperativa de conversación

1. ¿Qué hizo Benjamín para llegar al tesoro?
2. ¿Qué hizo Héctor?
3. ¿Como actuó la sombra?
4. ¿Qué hizo Susana durante este episodio?

D. Ideas personales

1. La sombra dice que el riesgo que tomó ha merecido la pena. La expresión **merecer la pena** es sinónimo a **valer la pena.** Seguramente usted ha pensado en algunas actividades difíciles suyas que merecen la pena. Explique una o dos de ellas.
2. Si usted hubiera sido Toni y hubiera regresado a la madriguera, ¿habría incluido la bandera de pirata o no? ¿Por qué?
3. ¿Cómo habría reaccionado usted, si hubiera estado en el sótano con los de la tropa cuando se derrumbó el muro y se les vino encima todo el techo? Explique qué sentiría y qué haría.
4. ¿Cómo habría reaccionado usted cuando se abrió el cofre y se encontraron todas las monedas de oro? Piense en su amigo, Luis, antes de contestar.
5. Tras descubrir el cofre de monedas, Luis anuncia que quiere montar un negocio con sus amigos y trabajar con ellos en algo que les guste. Si usted tuviera la suerte de recibir una herencia en forma de muchas monedas valiosas, ¿qué planes haría? ¿Incluiría usted a algún amigo? ¿Cómo? ¿Quiénes?
6. Los chavales de repente se dan cuenta de que se encuentran atrapados en un lugar subterráneo y posiblemente sin aire. ¿Cómo habría reaccionado usted frente a tal situación?

E. Más vale pluma que espada

Escójase uno.

1. El mejor tesoro del mundo: ¿qué es y cómo es? ¿por qué?
2. La cooperación entre amigos para alcanzar los objetivos comunes.

F. Más puntos culturales

1. En esta sección hay una referencia al tío Gilito. Es el nombre del tío rico del Pato Donald de los dibujos de Walt Disney. Los dibujos de Disney llegaron al mundo hispano desde hace muchos años. La mayoría de la gente conoce a los personajes de Disney por los tebeos y las películas.
2. Se emplea la expresión **mala bestia** para indicar a la figura misteriosa. La costumbre de referirse a una persona malvada de esta manera tal vez venga de la mitología griega o romana con respecto a los animales grotescos que tanto poblaban el mundo subterráneo siniestro de esa mitología antigua.

7

Orientación Inicial

A. Un puño de puntos claves

1. La conversación entre Héctor y Mora por walkie-talkie
2. Lo que tuvo que hacer Mora para enterarse de lo que había pasado
3. La conversación entre los muchachos cuando pensaban en la falta de aire
4. Las maniobras del inspector Mora antes y después de descubrir un zapato entre los ladrillos y cascotes

B. ¿Qué opina usted?

Intercambie con un compañero o una compañera sus opiniones sobre estos temas. Tome nota de sus ideas. Haga una presentación a la clase.

1. El beneficio de la gran literatura como guía para ayudarnos a tomar buenas decisiones en la vida.
2. La reacción humana de arriesgarse la vida para salvar a otra persona de una situación muy peligrosa.
3. Las catástrofes naturales que ocurren en la tierra y las catástrofes que resultan de algún descuido humano.

C. ¡Diga usted!

1. Usted y cuatro amigos suyos se encuentran atrapados en el sótano de un edificio viejo. Creen que les va a faltar aire si pronto no encuentran salida de su prisión subterránea. Sólo tienen tres velas, un palo del tamaño de un bastón y la ropa que llevaban cuando entraron en el edificio. Las paredes del sótano son de tierra. Ustedes saben que el edificio está situado cerca de un sistema de alcantarilla. ¿Qué piensan hacer? ¿Qué pueden hacer?
2. Usted es amigo de los jóvenes que se encuentran atrapados en el sótano de un edificio viejo. Usted cree que es cuestión de una o dos horas antes de que se ahoguen por falta de aire. ¿Qué va a hacer usted? ¿Qué puede hacer?

D. Puntos culturales

1. **Una explosión de gas.** En las grandes ciudades de España se ha establecido un servicio municipal de gas natural por medio de extensas vías de tubería para mandar el gas a los consumidores. Además, hay mucho servicio de gas natural (butano) por medio de tanques portátiles (butanos) tanto en las zonas urbanas como en las rurales. Sin embargo, siempre hay peligro con el gas natural, y España ha sufrido muchos accidentes por explosiones de gas.
2. Mora se refiere a la novela clásica *Las minas del rey Salomón*. Las grandes novelas clásicas se han traducido al español, y mucha gente ya comprende la referencia a estos libros.

TEXTO

Mientras palpaba la pared Héctor iba pensando: «Con el ruido que ha hecho el petardazo... y todo lo que ha caído al otro lado..., deben de habernos oído... Supongo que vendrán a salvarnos... Supongo que vendrán rápido... Si no, podría faltarnos el aire y...»

Se incorporó para descansar. Se puso en jarras y vio a sus compañeros con las manos pegadas a las paredes. Parecían moscas.

Los dedos del muchacho tropezaron con algo que llevaba en el equipo de combate y había olvidado con las emociones, el walkie-talkie.

Se golpeó la frente: «¡Qué tonto soy! ¿Cómo he podido olvidarme de eso? ¡Qué tonto soy!»

Y llamó en seguida al inspector Mora.

—¿Qué tripa se te ha descosido a estas horas, Héctor?[1] —Se oyó en el alma del auricular. Era el policía con voz de no haber despertado del todo—. ¿Sabes qué hora es? ¡¿Sabes qué hora es?!

—Estamos en un sótano. Se ha derrumbado una pared de ladrillos viejos y nos ha atrapado. Me temo que pronto va a faltarnos el aire.

El inspector estaba acostado con la cabeza debajo de la almohada, y al oír las palabras de X se levantó. Soltó un juramento y advirtió:

—Si me engañas... Si exageras... Si intentas tomarme el pelo...,[2] voy a hacerte saltar los dientes a tortazos. ¿Te enteras?

—Se ha derrumbado un sótano en la antigua filatelia.

Le dio la dirección.

El policía fue por la libretilla de tapas de plástico negro para tomar notas. Había captado en el tono de angustia que la cosa iba muy en serio y trató de levantarle el ánimo:

—¿Te acuerdas de aquella novela de Africa que te presté el mes pasado?

—*Las minas del rey Salomón?* —preguntó X y pensó: «Está chiflado... En un momento como éste me viene con uno de sus libracos...[3] Está como un cencerro.[4]»

—¿Te acuerdas de lo que hacen los exploradores para ver si entra aire en la cueva?

—No.

—Cuando Good enciende una cerilla, la llama se tuerce. ¿Tienes cerillas?

—Sí. Y una vela.

Héctor clavó los ojos en la llamita y vio que ardía torcida hacia la derecha.

—¿Pasa lo mismo?

—¡Pasa lo mismo! —chilló entusiasmado.

—Si te fijaras en los libros que te dejo... —soltó Mora—. Los exploradores dicen también en esa novela: «El aire va hacia dentro, no hacia fuera.»

Los de la tropa no se perdían una coma de lo que se ventilaba. Vieron que Héctor miraba hacia el extremo de la pared de la mancha del armario y empezaron a buscar por dónde podía entrar la corriente de aire.

Benjamín dijo:

—Si se mueve la llama, quiere decir que hay grietas... No vamos a ahogarnos. ¡Bravo!

Fue al rincón en que había dejado su mochila y extrajo la linterna. Luego se acercó donde estaban los otros palpando el muro y enfocó con mucho cuidado cada palmo.

Héctor contó al inspector Mora con frases atropelladas que la sombra encapuchada estaba al otro lado y acababa de encañonarlos con el revólver.

El policía exclamó:

—Voy... ¡No tardaré!

X se calló que ya habían encontrado el cofre de las monedas.

El derrumbamiento de la pared del sótano hizo que los vecinos se levantaran de la cama asustados. Al principio pensaron en un terremoto, pero bien pronto se dieron cuenta de que el daño afectaba sólo a un edificio.

Unos decían que había estallado algo, «una explosión de gas», otros que «la culpa la tienen los de las obras de la tienda.»

Avisaron a bomberos y policía. Al poco rato la calle se llenó de sirenas y destellos de luces.

Mientras el inspector Mora se acercaba conduciendo a toda velocidad mantuvo abierta la comunicación por walkie-talkie con Héctor y lo fue acribillando a preguntas sobre el derrumbe. En cuanto el policía llegó se dio a conocer y pudo comprobar que la versión de Héctor era exacta.

El inspector se puso a preguntar:

—¿Hay alguien atrapado...? ¿Alguien atrapado?

—No creo —le respondió una mujer ajamonada que iba con rulos y en bata—. Allí abajo había una bodega de licores, pero hace tiempo que no se usa.

Un abuelo muy flaco se acercó para asegurar:

—En el sótano no hay ni ratas.

El inspector Mora se dijo: «Al parecer nadie sabe que los chavales esos andan atrapados.» Y se fue en busca del jefe de los bomberos para insistir:

—¿Hay alguien en peligro?

—Los que viven en la casa. Es muy vieja y nunca se sabe.

—Pero..., ¿qué ha pasado?

—Aún es pronto para decirlo.

—¿Qué cree?

El bombero era hombre de gran mostacho color azafrán. Hizo ademán de «no puedo perder el tiempo» y se alejó murmurando:

—Gas. Tiene pinta[5] de una explosión de gas.

El inspector Mora pensó: «Si les digo que los chicos están en el sótano, me preguntarán cómo lo he sabido... Y si les cuento lo del walkie-talkie, me las puedo cargar... Pueden acusarme de utilizar menores para que me ayuden en investigaciones. —Se rascó el cabello escarolado con impaciencia. Luego hizo crujir los dedos huesudos apretando los de una mano contra la otra y decidió—: Primero voy a ver cómo siguen, y luego...»

Se alejó a grandes zancadas del lugar en que se había concentrado ya mucha gente en pijama. Tan pronto como entró en un callejón oscuro extrajo el walkie-talkie de uno de los bolsillos laterales de la gabardina de corte casi militar y susurró al aparato:

—Héctor... Héctor. —Nadie le contestó. Mora volvió a llamarlo—: Héctor...! ¡Héctor!

Nada. No obtuvo respuesta.

«¿Se habrán quedado sin aire? —se preguntó el policía—. ¿Habrá habido nuevos derrumbes allí abajo y andarán atrapados? ¿Habrán muerto?»

Mora hizo un esprint hasta el mismísimo portal de la casa. Mostró la placa al agente que estaba de guardia y se introdujo en la escalera del sótano. «Deben de estar atrapados abajo.»

Allí los bomberos trabajaban con furia. El inspector volvió a mostrarles la placa y preguntó:

—¿Hay alguien?

—No se oye nada —aseguró uno de ellos, y volvió a ponerse a picar.

El inspector se detuvo ante una pared de ladrillos viejos.

«¡Ladrillos viejos! ¡Ladrillos viejos! —se dijo—. Héctor me ha despertado diciéndome que se había derrumbado una pared de ladrillos viejos.»

Pegó la oreja al muro y, aunque no oyó ningún sonido que recordara la voz humana, se puso a chillar:

—¡Bomberos!, bajen en seguida. Al fondo se oyen gemidos. ¡Vengan!

La mentira que acababa de soltar a voz en grito hizo que cuatro hombres se precipitaran para ponerse a picar. Los ladrillos fueron cediendo. El policía tomó una pala y empezó a apartar cascotes.

Una vez perforaron la pared, apareció un muro de hormigón, y los bomberos dejaron de intentar abrirse paso. El más maduro exclamó:

—Nada que hacer. Habrán sonado las voces por otro lado... Los sótanos engañan.

El inspector Mora hundió los puños en los fondos de los bolsillos y dijo como si diera una orden:

—¡Venga!, todos a chillar.

«Quizá nos oigan... y puedan decirnos dónde están», pensó.

Se pusieron a dar voces como si fuesen un orfeón de energúmenos y la bodega resonó con ecos que parecían amenazas. Luego permanecieron en silencio tratando de captar los sonidos de los muchachos, pero fue en vano.

«¿Qué les habrá pasado?», se preguntó el inspector Mora con crispación y dio una patada en el suelo.

Los de la tropa examinaron la pared desde donde parecía soplar la corriente de aire, y lo hicieron con minuciosidad. No encontraron la menor rendija.

Encendieron varias velas para asegurarse de que las llamas se inclinaban hacia el mismo costado. Todas se desviaron en idéntica dirección, como atraídas por un imán.

Volvieron a inspeccionar el muro. Pasaban los dedos por el mismo metro cuadrado y con aquellas luces mortecinas parecían más que un ciempiés un cienmanos.[6]

En cuanto tantearon de nuevo lo que se estaba convirtiendo en muralla insalvable Toni, con la cara más blanca que la cera, observó:

—Si no entra aire por ningún lado..., pronto nos costará respirar.

Héctor respondió como una metralleta: —No digas estupideces. Si el inspector dice que la llama se mueve por una corriente, es que se mueve por una corriente; y punto.

El jefe de la tropa no confiaba ciegamente en el policía, ¡qué va!, pero en aquellas circunstancias le venía muy bien echar mano de lo que acababa de decirles. Lo último que deseaba era que cundiera el desánimo entre los de la tropa.

Ni X ni sus compañeros se dieron cuenta de que una placa de yeso del techo estaba a punto de desprenderse.

—Si ese policía se equivoca —dijo la bomba H—, con tanta vela encendida estamos quemando el oxígeno y vamos a ahogarnos antes.

—La linterna empieza a flojear —objetó X—. Pronto nos quedaremos sin pilas, y no tendremos más remedio que alumbrarnos con las velas si queremos encontrar una salida.

—O quedarnos quietecitos procurando respirar despacio, y con las velas apagadas, hasta que nos saquen de este agujero —opinó con solemnidad la chica.

—¿Y si tardan en encontrarnos? —susurró Héctor—. Puede[7] que haya un gran derrumbe. —Apuntó al boquete por donde habían entrado, que ahora era una masa de escombros, y con preocupación—: No se oye nada... Quizá ande el encapuchado en el sótano detrás de esa montaña de cascotes. Quizá ande emparedado también.

—Me encantaría que se quedase encerrado hasta que vayamos a ajustarle las cuentas —dijo Benjamín golpeando el aire con los puños.

X señaló las paredes de hormigón y dijo:

—Contra eso no hay nada que hacer.

—Miró la que había encerrado durante tantos años el cofre de monedas y propuso—: Podemos tratar de agujerearla por donde parece que tendría que entrar la corriente de aire.

Y se puso a picar de nuevo.

El cofre de las monedas estaba en el suelo, junto a la mochila de Benjamín, pero ninguno de los muchachos pensaba en el valor de las piezas de oro. Todo es relativo en la vida.

Luis seguía palpando aquel muro cerca de Héctor y se dio cuenta de que la parte baja estaba más fría.

—Esta noche hacía un gris... —dijo—, y el aire a estas horas debe de cortar..., ¿no?

—¿Por qué lo dices? —quiso saber X.

Antes que pudiese responder, se desprendió la placa de yeso del techo y cayó encima de Héctor.

◆

El inspector estaba ahora con la oreja pegada al suelo. La gabardina se había llenado de polvo y barro. «¿Qué les pasará? ¿Por qué no me contestan por el walkie-talkie?», se repetía con angustia.

Reconstruyó cuanto Héctor le había ido describiendo y llegó a la conclusión de que los muchachos tenían que andar detrás de la otra pared de ladrillo viejo.

Esta vez acertaba.

Aunque permaneció unos minutos auscultando[8] suelo y muros no oyó a los de la tropa por entre el sinfín de voces, martillazos y ruidos de picos y palas de los bomberos que trabajaban a un ritmo que parecía de película muda.

La pared era muy espesa en aquel lugar y no dejaba pasar el sonido. El policía fue en busca de los bomberos y volvió a mentir:

—He vuelto a oírlos. Por aquí...

Tomó un pico y se puso a trabajar con furia. Los hombres le ayudaron y perforaron sin apenas hablar hasta que apareció un zapato. Dentro había un pie.

Fueron quitando ladrillos y cascotes hasta que desenterraron toda la pierna.

Mora la tocó. La pellizcó primero con suavidad, luego con rabia. Y acabó por decir:

—No se mueve. ¡No se mueve!

En cuanto apareció una mano el policía comprobó que el pulso no latía ya.

—Está muerto —aseguró con voz ronca.

Notas lingüísticas

1. **¿Qué tripa se te ha descosido a estas horas, Héctor?** Mora se refiere a la tripa, parte del intestino de animal. La tripa es una parte importante de la gastronomía hispánica o latina. En la Argentina, como hay una abundancia de ganado, se cocina mucha tripa o tripa rellena. En las carnicerías, se ve mucha tripa colgada y en venta. Referencias a la tripa se han formado a lo largo de los siglos en varios dichos y refranes. Dos equivalentes en inglés a la

pregunta de Mora serían *what's eating you at this time of night?* o *what are you upset about at this hour?*

2. **Tomarle el pelo a alguien.** Es un giro idiomático común en la lengua española. El equivalente en inglés es *to pull someone's leg, to tease someone* o *to put someone on.*
3. **Libraco** es de la palabra **libro.** El sufijo **-aco** se emplea para darle un aspecto despectivo al libro, o a cualquier cosa o persona a que se le agregue el sufijo. **Pajarraco,** de la palabra **pájaro**, por ejemplo, es una palabra que se oye para referirse a un pájaro grande o feo.
4. **Estar como un cencerro** tiene referencia a la campana que lleva una vaca o una cabra de un rebaño de estos animales. Pero aquí el dicho se refiere a la locura de alguien.
5. **Tiene pinta de una explosión de gas.** Es común decir que una cosa **tiene pinta** de algo para darle una descripción no muy exacta. Por ejemplo, sería posible decir que un profesor tiene pinta de ser inteligente, sin precisar el grado de inteligencia que tiene.
6. **Cienmanos** es un juego de palabra ya que aparece al lado de la palabra **ciempiés.** Un ciempiés (centipede) tiene tantas patitas que parece tener como cien patitas. Aquí el narrador quiere expresar la idea de que con tantas manos buscando una rendija parecían como cien manos.
7. **Puede que haya un gran derrumbe.** En este caso, **puede** es una abreviatura de una expresión más larga: **puede ser que haya....** No es necesario usar **ser**, pero sí se sobreentiende. **Puede...** o **puede ser...** es equivalente a **es posible que...**
8. **Auscultar** viene de la misma raíz latina que la palabra **escuchar.** La primera es más culta que la palabra vulgar (popular) **escuchar.** La palabra latina es *ascultare* o *auscultare*.

ACTIVIDADES

A. ¿Qué sabe usted?

1. ¿Por qué se creía Héctor un tonto?
2. ¿Qué le explicó Héctor al inspector Mora por el teléfono sin hilo?
3. ¿Por qué pensó Héctor que el inspector Mora estaba chiflado?
4. ¿Cuál era la solución que Mora le dio a Héctor?
5. ¿Qué preguntas hacía Mora a los vecinos cuando llegó al lugar de la explosión?
6. ¿Qué explicación le dio el bombero a Mora sobre lo que había pasado?
7. ¿Por qué les mintió Mora a los bomberos? ¿Qué mentiras les dijo?
8. ¿Cuál era la gran preocupación de los muchachos mientras buscaban una rendija por donde entrara un poco de aire?
9. ¿Por qué escribió el autor que todo es relativo en la vida?
10. Mientras picaba Mora entre los cascotes, ¿qué cosa sorprendente descubrió?

B. Comentarios sobre la lectura

1. Haga una descripción sobre las acciones de esta sección de lectura.
2. Explique porqué Mora pensaba que la solución en la novela de *Las minas del rey Salomón* era tan buena.

C. Actividad cooperativa de conversación

1. Todas las cosas que Mora hizo antes de llegar al edificio.
2. Los consejos de Mora y cómo los chicos se ayudaron después de haberlos escuchado.
3. Las acciones y pensamientos de Mora después de haber llegado al edificio.
4. Todas las cosas que Héctor hizo después de que llegó Mora.

D. Ideas personales

1. Mora quiere saber qué tripa se le ha descosido a Héctor. En el caso de usted, ¿qué tripa se le ha descosido recientemente?
2. ¿Alguna vez se ha encontrado usted en una situación peligrosa? Explique usted el caso.
3. Si usted hubiera sido Mora, ¿qué habría hecho usted al llegar al lugar del derrumbe?
4. En una situación de peligro de algunos amigos suyos, ¿se ha puesto usted a dar voces como si fuesen un orfeón de energúmenos? Explique usted el caso.
5. ¿Cuándo ha tenido usted que aplicar el dicho **a mal tiempo, buena cara**? Explique usted el caso.
6. En el caso personal de usted, ¿podría decir que todo es relativo en la vida? ¿Por qué?

E. Más vale pluma que espada

Escójase uno.

1. Todo es relativo en la vida. ¿Qué quiere decir esta oración y cómo se aplica a su vida o a la de sus amigos u otros conocidos?
2. Los beneficios de leer mucho y bien. ¿Qué libros ha leído usted durante el último año simplemente por el placer de leer? ¿Qué diferencia ve usted en una persona que lee mucho y una persona que no lee nada?

F. Más puntos culturales

1. Después de la explosión y el derrumbamiento de la pared, la policía y los bomberos acudieron rápidamente al lugar del desastre. A veces el servicio de policía y de bomberos es bueno en los países hispanos y latinos, igual que en los Estados Unidos.
2. En el momento cuando Héctor quería animar a los amigos, él estaba dispuesto a confiar en las palabras del inspector Mora. En un momento de peligro, Héctor tenía que hacer algo drástico. Hay un dicho español muy apropiado para esa situación: **a mal tiempo, buena cara**. Todo el mundo hispano conoce el dicho. Refleja un alto nivel de optimismo.

8

Orientación Inicial

A. Un puño de puntos claves

1. Lo que les pasó después de que se le cayó a Héctor una placa de yeso
2. El problema de la trampilla oxidada y cómo se solucionó
3. Las aventuras que tuvieron los muchachos en el túnel y las que tuvieron después de salir del túnel
4. Lo que les pasó y las cosas que comentaron cuando se reunieron otra vez en la madriguera
5. Lo que comentaron Héctor y Mora en la terraza de un bar

B. ¿Qué opina usted?

Intercambie con un compañero o una compañera sus ideas sobre estos temas. Tome nota de sus ideas. Haga una presentación a la clase.

1. Los instintos de un líder natural de tratar de animar a sus amigos en momentos de desesperación.
2. Las emociones que uno siente cuando encuentra la solución de un problema grave que implique la diferencia entre la vida y la muerte.

3. Las emociones que uno siente cuando por fin puede solucionar algún enigma que le haya causado problemas por mucho tiempo.

C. ¡Diga usted!

1. Después de estar atrapados por más de ocho horas en un derrumbe subterráneo, usted y sus cuatro amigos se encuentran completamente rendidos y hambrientos. Pero, ya están muy alegres de que hayan podido salvarse de esa situación tan peligrosa. Ahora que usted está a salvo, ¿qué piensa hacer? ¿Cómo, cuándo, dónde?
2. Un policía de poca confianza cree que usted descubrió un tesoro en un sótano de un edificio viejo. El policía quiere obtener una porción del tesoro, pero usted cree que él no lo merece. El le invita a usted a tomar un refresco con él para ganar su confianza. ¿Qué medidas evasivas toma usted para despistarlo a él para que crea que usted no ha descubierto nada.

D. Puntos culturales

1. El estilo de construcción de muchas casas viejas de España incluye una trampilla en el suelo de la planta baja que da al sótano donde se guarda el carbón de la calefacción.
2. Bailar un zapateado es típico en España, ya que el flamenco es parte integral de la cultura. El bailador flamenco zapatea con taconeos al patalear y sacar pecho. Benjamín zapatea y canta una versión propia de una canción muy popular en España, cuyo coro incluye las sílabas **poropompom** y **piripimpim**.
3. Las alcantarillas de las grandes ciudades de España son como las de cualquier otra gran ciudad. Un sistema de alcantarillas puede considerarse un indicio de la civilización e higiene. También, tal sistema que se construye para llevarse los desperdicios de la ciudad refleja una infraestructura de ingeniería avanzada, la cual a su vez es otro indicio de una cultura bien desarrollada.

TEXTO

La placa de yeso golpeó a Héctor en la cabeza. El chico se vino abajo pero no perdió el conocimiento.

Cuando se puso en pie con ayuda de sus compañeros notó un dolor agudo en la cintura. Había caído sobre el walkie-talkie y el aparato se le había clavado en la carne. Por añadidura el auricular del teléfono sin hilos se había roto.

X intentó llamar al inspector pero fue inútil. No se oía nada.

Benjamín trató de repararlo con un destornillador que llevaba en la mochila. No lo logró.

«Estamos aislados», se dijo el jefe de la tropa llevándose la mano a la cabeza. El polvillo blanco del yeso había hecho encanecer al muchacho y parecía un viejecito.

Se había herido en los codos al dar contra el suelo, y la bomba H le limpió la sangre con un pañuelo muy fino. Luego le frotó el león dorado que llevaba prendido en el pecho hasta lograr que brillara.

«Aunque no sepas que fui yo quien te lo mandó, me encanta que lo lleves encima..., querido Héctor», se dijo la chica mirándolo con los ojos muy abiertos.

Mientras tanto Luis seguía inspeccionando los bajos de la pared y llegó a una conclusión:

—Está más fría en el ángulo que en el centro... En el ángulo y en la parte de abajo.

Una idea cruzó por la mente de Toni:

—¿Y si la rendija estuviese en el suelo? Ni corto ni perezoso se puso a levantar las baldosas cuarteadas del antiguo almacén de la filatelia.

Al poco rato apareció una rendija junto a la pared. Toni acercó la mano y notó una corriente de aire frío.

—¡Por aquí entra el aire! ¡Por aquí! —chilló haciendo con los dedos uves de victoria.

Los de la tropa se precipitaron sobre la ranura y Héctor se preguntó:

—¿Qué pito toca[1] aquí esa rendija? —Para responderse—: Quizá haya una trampilla en el suelo... como la del techo de nuestra madriguera. Las casas viejas del barrio se parecen.

Rasparon el cemento del suelo y empezó a dibujarse otra juntura perpendicular a la que acababa de descubrir el hijo del librero.

—Es más grande que la de nuestra madriguera —exclamó la bomba H con júbilo—. Por ésta pasamos dos por lo menos.

—Y se imaginó escapando en brazos de su Héctor.

No había asa ni argolla por donde agarrar la trampilla oxidada y Benjamín introdujo la hoja de la navaja que solía llevar en la mochila a modo de palanca. No tuvo el menor éxito.

Héctor probó también con todas sus fuerzas. Tampoco logró moverla.

Luis entrecerró los párpados de pocas pestañas y dijo:

—Si tuviéramos aceite, podríamos engrasar...

Benjamín lo cortó y se puso a bailar un zapateado sobre la tapa metálica. El muchacho pataleaba y pataleaba sacando pecho.

—Si no la abrimos poniéndole aceite..., poropompom —dijo al ritmo del taconeo—. La abriremos a patadas..., piripimpim.

Se oyó un ñaac y la trampilla se partió en dos.

El pequeño de la tropa se dio un buen susto, pero la trampilla aunque rajada aguantó su peso.

—Ya me veía abajo —mascculló con cara larga no bien dio un salto para ganar tierra firme—. Se nos caen las paredes... Se nos viene el techo encima..., se nos agrieta el suelo... ¿Qué más puede pasarnos?

—Animo. ¡Animo![2] —exclamó Héctor y dio un fuerte tirón hacia arriba a uno de los dos pedazos de la plancha de hierro que Benjamín había logrado quebrar.

Esta vez la lámina oxidada giró chirriando sobre los goznes y dejó al descubierto un pozo al que podía bajarse apoyando los pies en salientes de obra que hacían las veces de peldaños.

Trataron de levantar el otro pedazo de trampilla pero no cedió. Héctor probó de introducirse por la abertura que tenían a sus pies. Lo consiguió y dijo:

—No hace falta abrir más. Si yo paso, podéis pasar todos...

—Ya veremos. La bomba H está muy maciza —soltó Benjamín.

La chica andaba tan radiante con la expectativa de salir de allí que se limitó a responder:

—Con enanos no discuto.

F iba a espetarle algo subido de tono, pero Héctor cortó la discusión:

—Benjamín, enfoca la linterna hacia abajo..., que esto está más negro que el carbón. Y no te muevas, ¡eh! —Se puso a descender al pozo para reconocer el terreno. Fue bajando con mucho cuidado y en cuanto tocó fondo anunció—: Me parece que aquí hay una especie de túnel, pero no lo veo bien.

X trepó por los apoyos de obra como si fuese un gato y en un santiamén asomó por la boca del pozo. Pidió la linterna a F. Sujetó el mango con los dientes y volvió a bajar. Esta vez lo siguieron sus compañeros.

Tan pronto como Toni llegó al fondo, aguzó el oído y dijo:

—Se oye como ruido de agua.

Todos permanecieron en silencio y Luis le dio la razón:

—Sí, suena como un río.

El túnel tenía una ligera inclinación descendente. Era un poco más alto que ellos, y tan reducido que sólo podían pasar de uno en uno.

Cuando ya habían avanzado un buen trecho por aquellas catacumbas, Luis se detuvo. Se dio una palmada en la frente[3] y exclamó:

—¡Nos hemos dejado el cofre de las monedas!

Dieron media vuelta y fueron por el tesoro. Las pilas de la linterna se estaban agotando pero decidieron apurarlas.

Luis trepó por los salientes de obra y en seguida regresó con el cofre. Lo introdujo en la mochila de Benjamín y penetraron de nuevo en el túnel.

Pronto comenzó a fallar la linterna y encendieron dos velas. Una la llevaba Héctor, que iba el primero, la otra Toni cerrando la hilera.

Hacía sólo unos minutos que avanzaban por el túnel pero les parecía ya larguísimo.

El murmullo de agua iba en aumento y se empezaba a notar olor a desagüe.

—Debemos de estar acercándonos a las alcantarillas —dijo X.

Acertaba. El pasadizo desembocó en un canal subterráneo de olor fétido. Una corriente de aire muy fuerte apagó las velas y se las vieron y se las desearon para lograr encenderlas de nuevo. Lo consiguieron protegiendo la llama con las manos.

Se veían ratas. Una pasó rozando los pies de la bomba H que se abrazó a Héctor dando chillidos.

—Vaya excusa te has buscado —comentó Benjamín.

La chica se soltó, hizo como si no hubiese oído la pulla y continuó la marcha.

Anduvieron iluminando las bóvedas y por fin descubrieron una escalerilla de hierro que acababa en una tapa circular. Arriba estaba la calle.

Salieron a la superficie en una acera cercana a la antigua filatelia del padre de Luis.

Tan pronto como doblaron la esquina se encontraron con el despliegue de los bomberos. Camiones rojos con cubas y escaleras, un jeep, hombres con casco que iban y venían.

Héctor vio el coche del inspector Mora aparcado[4] sobre la acera y dijo:

—Id a esconder el cofre en la madriguera. Yo me quedo aquí.

Benjamín no quiso dejarlo solo y pasó su mochila a Luis.

—No se la dejes a nadie.

Antes de que se alejaran, Héctor advirtió:

—En cuanto hayáis escondido las monedas, a la cama.[5] Es muy tarde y en vuestras casas pueden descubrir que os habéis escapado.

Toni se colocó bien los lentes de culo de vaso que solían resbalarle por la nariz chata. Hizo un guiño a X, y señaló a los otros dos para asegurar:

DOMFAX

—Descuida. A esos los mando a casita en seguida. —Miró al pequeño del grupo con aire de autoridad y dijo—: Y tú, no te retrases... que se te va a pasar la hora del biberón.

—Sí... Sí... Mucho biberón y mucha historia, pero tú te vas al banquillo y yo sigo jugando, ¿te enteras...?

Héctor se llevó el dedo a la boca con gesto de chitón.[6] Dijo adiós con la mano y se encaminó al portal que estaba lleno de policías y bomberos. F lo siguió a veinte metros; «por si las moscas», pensó.

El inspector Mora andaba charlando con unos agentes que acababan de encontrar en el portal de la casa de al lado «una abuela amordazada, maniatada y anestesiada». Tan pronto como vio a X lo llamó, y en un rincón —para que nadie pudiera oírlos— le dijo:

—Hemos encontrado al encapuchado. Hemos descubierto el plano falso del cementerio en uno de sus bolsillos. No... No hay duda... Es él.

—¿Dónde está?

El policía se acarició el reloj de pulsera de oro macizo y con tono seco:

—Está muerto. Lo atrapó el derrumbe.

—¿Quién era?

—Todavía no lo sabemos. —Puso la mano en el hombro del chico y preguntó—: ¿Te atreves a echarle el ojo?

Mora quería ver si X reconocía al muerto. Héctor hizo de tripas corazón[7] y dijo:

—¿Dónde está?

El cuerpo seguía donde lo habían encontrado. Vestía de negro de arriba abajo y llevaba un pasamontañas en la cabeza.

Mora se lo quitó de un tirón, y Héctor se llevó la mano a la boca al reconocer la cara del muerto.

—Es el doctor Díaz... El que nos invitó en el bar del hospital —dijo el muchacho como si dudara de lo que tenía delante de los ojos.

A la mañana siguiente los de la tropa se reunieron en la madriguera. Luis fue el último en llegar y lo hizo anunciando que «Isabel se encuentra fenomenal».

Héctor les contó lo sucedido. Cuando acabó el relato, Luis se apoyó en la pared y dijo con un hilo de voz:

—El doctor Díaz fue el médico de mi padre en el hospital. Debió de enterarse de lo de las monedas y...

La voz se le rompió. El chico se puso muy pálido y Héctor lo interrumpió para decir:

—Si ese médico se tomó tantas molestias y se arriesgó tanto..., es que las monedas deben de valer mucho.

Luis se acercó a una losa del muro que disimulaba el mejor de los escondites que tenían y la levantó. Extrajo el cofre y fue alineando sobre el canto del futbolín las piezas. Entre la colección había nada más ni nada menos que un sueldo de oro de Constantino que llevaba grabada su efigie y el LXXII, un sueldo de oro de Justiniano I, tres dinares de oro cubiertos de inscripciones arábigas antiguas, un par de doblas de oro de Pedro de Portugal, un doblón de Fernando de Portugal, cuatro ducados de oro de Venecia, un ángel de Enrique VI de Inglaterra en el que se veía con no poca claridad la imagen de san Miguel...

No podían imaginar siquiera la fortuna que tenían entre las manos. Luis miró a sus compañeros, uno por uno, con solemnidad:

—Os prometo que montaremos un negocio y trabajaremos juntos en algo que sea nuestro y nos guste. Lo dije y lo mantendré... Y aún quedarán muchas monedas para continuar con la colección.

Toni había aparecido con los tres ejemplares de *Las minas del rey Salomón* que encontró en la librería de su padre, y pidió a sus compañeros que los leyeran sin abrirlos del todo «para que no se note. Si los devuelvo descuajaringados...»

Benjamín en seguida se puso a devorar las aventuras de Allan Quatermain, el cazador de elefantes que en la introducción de la novela dice: «Proporcionaré con mucho gusto cualquier información a mi alcance a quien quiera que se interese por estas cosas.»

Mientras la mente del pequeño del grupo se adentraba por los paisajes de Africa, se iba diciendo: «Si le escribo, ¿me dirá cómo llegar a las minas del rey Salomón...? Con la práctica que tenemos de meternos en cuevas y buscar tesoros a lo mejor encontramos los diamantes del libro.»

También Héctor andaba enfrascado con otro ejemplar de la novela. La bomba H estaba en el cojín de al lado y no paraba de hacer comentarios sobre lo que iba leyendo en el suyo.

Mientras tanto Luis y Toni jugaban al futbolín; «a cara de perro», según el chaval de la librería que se estaba dejando ganar aunque aparentara luchar a muerte. «A ver si se anima un poco nuestro futuro banquero.»

Aquella mañana Mora quiso invitar a Héctor «a tomar el aperitivo» en la terraza de un bar del otro extremo de la ciudad.

Ya estaban repantigados en los asientos de plástico y anchos cojines, disfrutando el sol limpio y templado, cuando el policía dijo:

—Hay algo que no me contaste el otro día...

Observó a X con malicia y bebió un buen trago de cubalibre.

«Ahora... me preguntará por el tesoro de Luis... ¡Seguro!», pensó el chico y repuso:

—Todo fue tan... tan... que...

—No te hagas el tonto... —Le disparó el dedo—: ¿Qué hay de las monedas?

—¿Le interesan?

—Pues..., ¡claro!

—Dijo que no eran cosa de la policía, ¿recuerda?

—Corta el rollo.[8]

Héctor permaneció en silencio por unos momentos y acabó por preguntar:

—¿Qué me dice de la tía de Luis?

—¿Me estás proponiendo que intercambiemos información?

El chico asintió con la mirada. Mora hizo chasquear la lengua. Elevó los ojos al cielo, «¡lo que hay que ver!», y admitió de mala gana:

—Bueno... De acuerdo... ¿Dónde están las monedas?

«No me fío del poli ese... No quiero decirle que están en un escondite de la madriguera... Ni quiero decirle dónde está nuestra madriguera... Ni que hemos encontrado el cofre... No, no le diré nada», fue cavilando. Puso cara de pena y empezó a engañarlo como si fuese un actor consumado. ¡Qué desfachatez!

—¿Nos ayudará a buscarlas? —le preguntó con expresión de angustia.

—¿No las encontrasteis?

—¡Qué va...! —Y siguió la representación teatral—: Necesitamos que alguien..., alguien como usted nos ayude. ¿Nos ayudará a buscarlas?

El policía tardó en contestarle. Mientras tanto Héctor no se atrevía ni siquiera a pestañear. «Si supiese que las tenemos bien guardaditas en la madriguera..., igual me hacía saltar los dientes a bofetadas...», se dijo mientras lo miraba por encima del vaso de coca-cola.

—¿Qué me daréis si las encuentro?

«¡Ha picado! ¡Ha picado!», pensó el chaval, y con cara de póker[9] le ofreció:

—Tengo que hablarlo con Luis, pero seguro que le caerá un buen pellizco.

Los ojos de Mora se iluminaron. Le gustaba tanto el dinero...

—Si no es por un buen pellizco, no me muevo —aseguró.

—¿Estaba la tía de Luis liada con el doctor Díaz?

El inspector lo miró con aire de «no te enteras de la película» y dijo:

—Nanay! Hemos investigado a fondo y sólo vive para el sobrino. Es una buena mujer. Si traspasó la filatelia, fue porque una cadena de hamburgueserías le pagó un pastón[10] enorme... Dinero que puso en seguida a nombre de Luis en un banco. Anda pendiente de si el chaval está triste o contento, si sale con amigos o está solo. Hasta ha llegado a seguirlo por ver qué hace y con quién...

«Me alegro por Luis. ¡Me alegro! Mealegromealegromealegro...», pensó X.

El muchacho regresó a la madriguera a paso ligero. Sus pensamientos iban al ritmo de sus zancadas. «Qué fantástico... Qué fantástico fue encontrar el cofre de las monedas... ¡Qué tesoro...!, y qué mal lo pasamos después del derrumbe...»

La mente se le fue del sótano a las minas del rey Salomón. Imaginó que corría por una jungla llena de animales «peligrosos...» «Peligrosos... o maravillosos?» «Cuando sea mayor iré a África. Quiero ver todas esas cosas con mis propios ojos. Quiero ver las minas del rey Salomón.»

Notas lingüísticas

1. **¿Qué pito toca aquí esa rendija?** Héctor emplea un juego de palabras al usar la imagen de un pito para expresar su curiosidad sobre el propósito de la función de la rendija. **¿Qué pito toca...?** debe de ser una expresión corriente entre los jóvenes españoles.
2. **Ánimo.** Aquí se ve como una sola palabra en español puede resumir todo un concepto que en inglés emplearía más de una palabra, como por ejemplo: *keep your chin up*, *keep a stiff upper lip*, *take heart*.
3. Cuando uno se da una palmada en la frente significa lo mismo en España que en los Estados Unidos.
4. **Aparcado** se relaciona con la palabra inglesa *parked*. En España se usa el verbo **aparcar** para indicar **estacionar el coche.** También se emplea como sustantivo el vocablo **el parking** para indicar el estacionamiento.
5. La expresión **a la cama** está relacionada a la frase **váyase a la cama.** La información eliminada (o sea, **váyase**) es sobreentendida.
6. El gesto de chitón es similar al que se emplea en inglés, usando el dedo índice delante de la boca.
7. **Hacer de tripas corazón** es una expresión que significa **ánimo** (véase el número dos, arriba).
8. **Corta el rollo** puede tener por equivalente en inglés *cut the crap*, *don't give me that same ol' stuff* o *stop being a drag.*
9. **Póker** viene del inglés. También se escribe **poquer.**
10. **Pastón** está relacionado a **pasta,** y en el argot de España, se refiere al dinero.

ACTIVIDADES

A. ¿Qué sabe usted?

1. ¿Qué le pasó a Héctor cuando se le cayó una placa de yeso del techo?
2. ¿Qué descubrieron cuando examinaban la rendija en el suelo y qué hicieron con lo que descubrieron?
3. ¿Quién fue el primero en explorar el túnel y cómo lo hizo?
4. ¿Por qué notaron un olor fétido en el túnel?
5. ¿Qué plan decidieron hacer al salir del túnel y encontrarse en una acera cerca de la antigua filatelia?
6. ¿Qué sorpresa tuvo Héctor cuando estaba con Mora después de que los otros muchachos fueron a la madriguera?
7. ¿Qué anuncio hizo Luis después de que examinaron bien todas las monedas?
8. ¿Cómo reaccionaron los varios muchachos a los ejemplares de la novela que Toni trajo a la madriguera?
9. Cuando X estaba con Mora en un café hablando sobre el caso de las monedas, ¿qué acuerdo pudo lograr Héctor con Mora y cómo lo hizo?
10. ¿En qué pensó Héctor al regresar a la madriguera después de haber hablado con Mora?

B. Comentarios sobre el dibujo (página 83)

1. Haga una descripción del lugar visto en el dibujo.
2. Explique lo que pasa en el lugar visto en el dibujo.

C. Actividad cooperativa de conversación

1. Las acciones de Héctor cuando todavía estaba en el sótano y en el túnel.
2. Lo que hizo Benjamín cuando todavía estaba en el sótano y en el túnel.

3. El plan, en detalle, que los muchachos decidieron efectuar al estar otra vez entre la gente que miraba el resultado de la explosión subterránea.
4. Los detalles sobre lo que resultó en cuanto a las monedas, no solamente con respecto a los muchachos sino con respecto a Mora también.

D. Ideas personales

1. Héctor se dice que están aislados dentro del sótano derrumbado. ¿Ha estado usted aislado(a) alguna vez contra su voluntad? ¿Cuándo? ¿Bajo qué condiciones? Explique el caso.
2. Héctor les grita **ánimo** para alentar a los miembros de la tropa. ¿Cuándo ha dado ánimo a otros o cuándo le han dado ánimo a usted? Explique el caso.
3. ¿Ha visto usted alguna catástrofe en la que había muchos policías y bomberos? ¿Cuándo? ¿Qué pasó?
4. ¿Ha hecho de tripas corazón? ¿Cuándo? ¿Por qué? ¿Qué pasó? Explique las circunstancias.
5. Luis prometió que ellos montarían un negocio propio. ¿Qué promesas hace usted? Explique usted una promesa que ha hecho.
6. ¿Qué libros clásicos ha leído usted? ¿Le gusta leer libros? ¿Qué tipo de libros le gusta leer? ¿Por qué?

E. Más vale pluma que espada

Escójase uno.

1. El sistema de justicia dirigido a los ricos y a los pobres: ¿es imparcial?
2. La influencia de las buenas obras literarias en su vida.

F. Más puntos culturales

1. La hora del biberón se refiere a la hora cuando el bebé tiene que tomar su leche del biberón, o sea, la referencia indica que en los ojos de Toni, Benjamín todavía es muy joven. Pero, Benjamín responde con otra pulla punzante que tiene referencia al banquillo, o sea la corte donde uno puede ser juzgado y condenado.

2. **Terraza.** Muchos cafés de España tienen una terraza al aire libre donde la gente puede tomar el sol, hablar y disfrutar su bebida o comida. Los españoles opinan que es importante estar al aire libre para relacionarse con otros. Es parte de la organización cultural del pueblo español.
3. Referencia a la tía Elisa otra vez muestra los lazos fuertes entre todos los miembros de una familia. Esta característica es común en los pueblos latinos.

Glosario

A

a ciegas blindly
a duras penas with difficulty
a fondo extensively, deeply
a gachas on all fours
a menudo frequently, often
a palmos by palm (hand) size
a paso ligero quickly
a pelmazos boringly, in boredom
a veces at times, sometimes
abertura opening
abastecerse to store up
abochornado, a ashamed, aghast
abovedado, a arched (between beams)
abrasar to burn
abrigar to shelter, cover
  abrigo overcoat, shelter
acabar to end, finish
acariciar to caress, rub
acceder to yield, give way
accidentado, a *m./f.* injured person
acechar to lie in wait
aceite *m.* oil
acera sidewalk
acercarse to draw near, get close
acertar to be right
aclararse to clear up
acoger to welcome
  acogido, a welcomed
acometer to undertake
acontecimiento event
acribillar to fill full of holes
actitud *f.* attitude
actualmente presently, currently
acudir to go to, appear before
acuñar to coin, mint (coins)
acurrucarse to curl up, huddle
adelantarse to go (move) forward
adelgazar to diet
ademán *m.* gesture
además besides, in addition
adentrarse to go into
adivinar to guess
admiración *f.* admiration, astonishment
adrede on purpose, purposely
advertir to warn
afición *f.* interest, liking
  aficionado amateur; (sports) fan
afilado, a sharpened
agachado, a crouched down
agarrar to grab, take hold
agazapado, a crouched, hidden
ágil *m./f.* agile
agretarse to crack open
aguantar to withstand
aguardar to wait for
águila eagle
  aguileño, a eagle-like
agujerear to make (drill) a hole
  agujero hole
aguzar to sharpen
ahogarse to choke up, drown
  ahogado, a muffled, smothered
ahorrar to save
  ahorros savings
ahuyentar to run off, drive out
ajamonado, a ham-like
ajustarle las cuentas to even the score
al acecho lying in wait
al aire libre outdoors
al canto in support; for sure
al parecer evidently, seemingly
al poco rato in a short while
al vuelo in flight, in the air
albañil *m.* bricklayer, mason
alcanzar to reach, attain
aleccionar to give a lesson to, teach
alejarse to go far way, distance oneself
  alejado, a far away, distant
alentar to encourage
alimento food
alinear to line up
alisarse to smooth out (hair)
alma soul
almacén *m.* store
almohada pillow
  almohadón *m.* large pillow
altavoz *m.* loudspeaker, loud voice

¡alto! stop!
altura height
alumbrar to light, give off light
amarrar to tie
amenaza threat
  amenazador, a threatening, menacing
ametralladora machine gun
amistad *f.* friendship
amordazado, a gagged
amuleto (lucky) charm
analfabetismo illiteracy
ancho, a wide
ángulo angle
angustia anguish
animar to liven up, encourage
anuncio announcement
anzuelo fish hook
añadidura addition
  añadir to add
apacible peaceful, gentle, calm
apagado, a shut off, extinguished
aparcar to park (a car)
aparentar to appear, seem
  aparición *f.* appearance
apartar to separate, put aside
apenas scarcely, hardly
apoyar to support
  apoyo support, help
apresurarse to hurry
apretar to press, squeeze
aprovechar to take advantage
apuntado, a pointed
  apuntar to point
arábigo, a arabic
árbito referee
arbusto bush
arco arch, arc
arder to burn, hurt
argolla iron ring (as a door handle)
argot *m.* slang
arguir to argue
armario storage cabinet
arrancar to grab from, tear away
arrastrarse to drag oneself, shuffle (one's feet)
arreglarselas to take care of things oneself
arriesgar to risk
  arriesgarse to take a risk
arrimar to come close, get near
arrugar to fold, wrinkle
asa handle
ascensor *m.* elevator
asegurar to assure
asentir to agree, approve
así like this, this way
asiento seat
asignar to assign
  asignatura course, subject (in school)
asimismo likewise
asomar to stick out (something)
asombrado, a amazed
astuto, a smart, sly
asunto matter, item of business
asustado, a frightened
  asustarse to become frightened
atacar to attack
  atacador *m./f.* attacker, robber
atraco robbery, mugging
  atracante *m./f.* attacker, robber
atrapado, a trapped
atajo short cut
atar to tie
atestado, a filled, crammed
atizar to provoke
atreverse to dare
atropellado, a hasty, rushed; knocked down
aullido yell, howl
aumentar to augment, enlarge
aún still, yet
aunque although
auricular *m.* earpiece (of telephone)
auscultar to listen to, sound
aventi < **aventura** adventure
  aventurar to venture, be brave about
avisar to advise
azafrán *m.* saffron, yellowish
azulejo tile

B

bajo the low part
baldosa piece of square tile
banda sideboard, band
bandera flag
banquero banker
banquillo stool, defendant's stand in a court
bar *m.* café
barrote *m.* (iron) bar
bata gown, robe
batida searching, combing (through an area)
batallón *m.* league, battalion
bestia beast
biberón *m.* baby bottle
bifurcación *f.* fork, split (in road)
bigotes *m.* a moustached man
bisabuelo great-grandfather
bizquear to squint, look cross-eyed
bocata sandwich (Spain)
bodega storeroom
bofetada slap
bólido shooting star; motorcycle
bolsa bag, purse
bolsillo pocket
bollo roll, biscuit
bombero fireman
boquete *m.* hole (in wall or floor)
bordillo curb
bosque *m.* forest, wooded area
bostezar to yawn
bovedilla part of construction between two beams
brigada brigade, squad
brillo glare, sheen
brinco jump
brusquedad *f.* brusqueness, roughness
burlar to fool, play a joke
  burla practical joke, trick
butaca large chair

C

cabaña cabin
caber to fit
cabo a rabo beginning to end
cabra goat
cachivaches *m.* disparate items
cadera hip
caer to fall
  caída fall
caja cash register, box
  caja de ahorros savings bank
  cajero cashier
  cajón *m.* box; goal (in soccer)
calefacción *f.* heating system
  calentar to warm, heat
callar to be quiet, shut up
callejón alley, narrow street
calzarse to put shoes on oneself
camarero waiter
camilla stretcher
campana bell
canasta basket
cano gray hair
canto edge; chant
cañon *m.* barrel (of gun)
cara de palo expressionless face
cara de pena pained look
cara o cruz heads or tails
carbón *m.* coal
carrera race, career
carretera highway
carterita little wallet, billfold
cartero mailman
casco helmet
cascotes rubble, debris
casi almost
castigado, a punished
  castigo punishment
catacumba catacomb, dungeon
cautela cautiousness, caution
caza prey, the hunted (animal, person)
  cazador hunter
  cazadora leather jacket

cazar to hunt
cazoleta pipebowl
ceder to yield, give way
ceja eyebrow
cencerro cow bell; crazy-like
ceñudo, a frowning
cerilla match (for lighting fires)
cerradura lock
césped *m.* grass, lawn
ciegamente blindly
ciempiés *m.* centipede
cienmanos *m.* hundred hands
cinta ribbon, tape
cintura waist
cipreses *m.* cypress trees
cirujano, a *n.* surgeon
claraboya skylight
claro clearing (as in a forest)
clavado, a nailed
 clavar to nail
 clave principal item, code
coche de patrulla *m.* patrol car
cocina kitchen, cuisine
coco head, coconut
código code
codo elbow
cofia hairdo
cofre *m.* ornate box, coinbox
coger to grasp, seize
cogote *m.* back of neck, nape
cojín *m.* cushion
cola tail; line (of people)
colarse to go into, filter through
colchón *m.* mattress
colega *m./f.* colleague, peer
coletas pig-tailed girl
colgar to hang (up)
 colgado, a hung, suspended
colmillo fang, incisor tooth
colocar to place, hang
 colocarse to place, hang (on oneself)
comisaría police headquarters
comisura corner of lips
compartir to share
comportamiento behavior
 comportarse to behave
compraventa buying & selling
comprobar to verify, prove
comprometido, a *n.* engaged person; compromised
condenado, a condemned
conducir to drive; conduct
conejo rabbit
confundir to confound, confuse
conjunto group
conocimiento knowlege, consciousness
conotar to connote
conseguir to get
consejo advice
consumado, a consummate
contar to count; to tell, recount
contra against
contraseña password
convenir to suit, be convenient
convivencia coexistence, living together
correr to run
 corrida running
 corrida de toros bullfights
cortar el rollo to cut the nonsense
corte *m.* cut (of clothes)
costado side
cotidiano, a daily
cremallera zipper
cretino cretin, idiot
crío baby, very young offspring
crispación *f.* tenseness
cruasán *m.* croissant
crujir to crack (knuckles or wood flooring)
 crujido cracking, creaking (sound)
cuanto antes as soon as possible
cuadro picture
cuarteado, a quartered
cuba bucket
cubalibre *m.* rum and coke drink
cubo pail, large can
cuento story
cuerda cord, rope
cuero leather
cueva cave
culo de vaso bottom of (drinking) glass

culto, a educated
cumplir to comply, fulfill
cumplidor *m.* responsible person
cundir to spread
curar to cure

CH

chamuscarse to singe, burn oneself
chancleta slipper
charla chat
chasquear to click (the tongue)
chato, a flat
chaval *m./f.* kid, youngster
chiflado, a crazy
chillar to shriek, howl
chimenea chimney
chirriar to squeak, creak
chirrido creaking, squeaking
chispa spark
chitón sshhh!; quiet
chocar to collide, crash (against)
choque *m.* collision
chollo soft (cushy) job
chorro (jet) stream
chuparse to lick, suck (one's fingers)
churrete *m.* streak, dash

D

daño harm, hurt
dar to give
dar con to come upon
dar esquinazo to turn a corner; to ditch someone
dar la lata to be a nuisance, bother (someone)
dar la razón to agree with
dar palmadas to clap
dar por vencido to give up
dar un salto to jump
dar una batida to search, comb
dar vuelta to turn around
darse cuenta de to realize (mentally)
darle cuerda to string someone along; to deceive
de acuerdo in agreement
de mala gana reluctantly
de par en par wide open
de pe a pa from A to Z, everything
de puntillas on tiptoes
de repente quickly, suddenly
de veras truly, really
débil weak
dejar to leave, let
dejar de + inf to stop doing (what infinitive verb indicates)
delante de in front of
delgado, a thin, lean
delito felony, crime
derrapar to skid
derribar to knock down, tear down
derrumbarse tumble down, fall down
derrumbe *m.* collapse, caving-in
desabrocharse to unbutton
desacelerar to slow down
desagüe *m.* drain, drainage
desánimo discouragement
desarrollado, a developed
descargar to unload
descarnado, a lean, lacking meat (or fat)
decepcionar to deceive
descolgar unhook (from wall)
descolgarse to lower oneself
descoser to tear (material) apart
descuajaringado, a worn out, in pieces
descuido carelessness
descuida don't worry
desembocar to lead into
desengañar to deceive, disillusion
desenterrar to unearth
desesperación *f.* desperation
desfachatez *f.* brazen, daring (person)
despachar to sell; to give out
despacho (one-person) office
despectivo, a derrogatory, scornful

desperdicio *m.* waste
despistar to throw off the track, deceive
desplegar to unfold
despliegue *m.* array, deployment
desplomarse to fall apart
desprender to separate
desprenderse to separate, tear away from
destacar to put on detail, to make outstanding
destello gleam, shining light
destornillador *m.* screwdriver
desviar to deviate, be crooked
detalle *m.* detail
detener to arrest, detain
devolver to return (something)
diamante *m.* diamond
dibujar to draw
dicho saying
diferir to differ
dinamitero expert in dynamite
dinar *m.* old Middle Eastern coin
dirigirse to speak to, address
disfrutar to enjoy
disimular to hide, conceal
disparar to fire (a gun), shoot
dispuesto, a disposed, ready
dobla old Spanish coin
doblar to turn (a corner, page), bend
doblón *m.* doubloon (old Spanish coin)
dominio domain
dorado, a golden
durar to endure, last
ducado ducat (old Spanish coin)
ducha shower
dueño owner
dulcificar to sweeten

E

echar to throw; play (a game)
echar el ojo to have a look
echar la culpa to blame
echar mano de make use of
echar mano to grab, take hold
echar una carrera to run a race
eco echo
efectuar to put into effect
efigie *f.* effigy, figure
ejemplar *m.* copy (of book)
electro EEG (electroencephalogram)
eligir to choose
embestir to attack
embozo *n.* tucked down part of blanket
emitir to emit
empapelar to arrest, book (into jail)
emparedado sandwich
emprender to undertake, start up
empujar to push
empuñar to palm, take in hand
en cuanto as soon as
en obras in construction
en seguida immediately
enano elf, midget
encajar to fit into
encandilado, a dazzled, erect
encanecer to go gray
encantar to please, enchant
encantado, a glad, charmed
encañonar to point a gun barrel
encapuchado, a hooded
encararse to face
encargado *n.* person in charge
encendedor lighter
encerrado, a closed up in
encima on top of
encogerse to shrug
energúmeno madman, possessed of the devil
enfermera nurse
enfocar to focus, shine on
enfrascado, a engrossed, enthralled
enfrentar to confront
engañar to trick, deceive
enguantado, a gloved
enraizado, a rooted
enrojecer to redden, blush
ensanchar to widen
ensortijado, a curly

enterarse to find out, become informed
enterrar to bury
entornado, a opened
entrecerrado, a half-open, squinting
entregar to surrender, hand over
entrenamiento training
envoltorio wrapper
  envolver to wrap
enzarzarse to get caught up, involve (oneself)
equipo equipment
equitativamente equitably
equivocarse to be mistaken, wrong
escabullir to slip away, slip through
escalera stairs, ladder
  escalerilla ladder, staircase
escalofriante *adj.* chilling, frightening
escamar to make (someone) suspicious
escarolado, a shiny
escayolado, a in a cast (from an injury)
escombro rubble
esconder to hide
  escondite *m.* hiding place
  escondrijo hide out, hiding place
escudo shield, coat of arms
escupir to spit
escurrir to scurry
esfuerzo effort
espalda back
espantar to frighten
espantoso, a frightening
esparadrapo plasterized cloth (for casts)
espejo mirror
esperanza hope
espeso, a thick
espetar to make (someone) listen to (something); to spring on
espina spine, thorn
esponjoso, a spongy
esqueleto skeleton, bones
esquema *m.* chart, outline
esquinazo (see *dar esquinazo*)
estallar to bellow, explode
  estallado exploded
estar a punto to be on the verge
estarse quieto to remain quiet
estilizado, a stylized, streamlined
estola stole (around the neck)
estrecho, a narrow
estruendo thunder
evitar to avoid
exigir to demand
extraer to pull out, extract
extrañarse to be strange; to wonder
  extraño, a strange, weird

F

fallar to fail, go bad
faltar to lack, be missing
farola street lamp
fastidiar to annoy
feria fair, farmers' market, (Mex.) money
fiarse to trust
fijarse to notice
filatelia stamp shop
fingir to pretend
fisgar to spy
flaco, a thin, skinny
follón *m.* chaos, rumpus
fondo far back of any area, bottom
fosa orifice
foso ditch, pit, hole
frente *f.* forehead
  frente a opposite, facing
frotar to rub
fuerza force
fuera outside
funda holder, sheath
furia fury, anger
futbolín *m.* foosball (table soccer)

G

gafas (eye) glasses
galleta cookie, cracker

gana desire
ganado cattle, livestock
ganar to win
gasa gauze
gastar to spend
gastronomía gastronomy, related to food
gemido groan, cry
genio genius
gerundio gerund; in action (now)
gesto gesture
girar to turn, revolve
giro turn of phrase
gol *m.* goal (in sports)
golpe hit, impact
golpear to hit
golpecito tap
gorra a cuadros checkered cap
gorro cap
gozne *m.* hinge
grabación *f.* recording
grabado, a recorded
grabar to record
grieta crack, split
grifo faucet
grisáseo, a grayish
grito yell, cry
grueso, a thick
gruta grotto, cave
guante *m.* glove
guardadito, a well-guarded
guardaespaldas *m.* bodyguard
guardar to keep
guardarropas *m.* clothes closet
guasa joking, jest
guerra war
guiñar to wink

H

hacer de tripas corazón to get brave
hacer un gris to be overcast
hacerse el dormido to pretend to be asleep
hacerse el tonto to play dumb
hacerse pedazos to break into pieces
hacerle caso to pay attention to someone, mind someone
hallar to find
hamaca hammock
hartarse to satiate oneself, get tired of
haz *m.* shaft
heladería ice cream shop
heredar to inherit
herida wound
heroína heroine
herramienta tool
herrumbroso, a of thick metal
hierba plants, weeds
hierro iron
higiéne *f.* hygiene
hilera string, line
hilo line, thread
historieta short story
hoja sheet (of paper), leaf
hojear to thumb through (a book), leaf through
hombro shoulder
hondo, a deep
hormigón *m.* concrete
hueco hole, hollow place
huérfano orphan
huesudo, a bony
huir to flee
humo smoke
hundir to sink

I

iglesia church
imán *m.* magnet
imbécil *m./f.* imbecile, fool
imprevisto something unforeseen
índice *m.* index
indicio index
ingeniar to create, dream up
ingresado in-patient (in hospital)
ingresos income

inquietarse to disturb, worry
inquilino, a *n.* tenant, renter
integrar to form, be a member of
intendencia quartermaster (in charge of provisions)
intentar + inf to try to + verb
intuir to intuit
inútil *adj.* useless
invocar to invoke
involucrar to involve
ira ire, anger
irreal *adj.* unreal
irrumpir to burst into

J

jarro pitcher
jeringar to bother, annoy
júbilo joy
jungla jungle
juntos *adj.* together
  juntura joint, juncture
juramento swear word; oath
juzgado, a judged

L

ladera side (of sloping area)
ladrar to bark
ladrillo brick
ladrón *m.* thief
lagartija lizard
lámina sheet (of iron), chart
lana wool, (Mex.) money
largarse to go away, scram
  largo go away
  largo, a long
lata can
latido beat (of a pulse)
  latir to beat, pulsate
lavabo wash basin
lazo tie, rope
lechuza owl
lejos far
lentes de culo de vaso *m.* thick (eye) glasses
ley *f.* law
liar to tie, attach
  liado, a tied, hooked up with
libraco (dumb ol') book
librería bookstore
líder *m./f.* leader
  liderazgo leadership
lidiar to fight
ligero, a light, slight
limosna alms
limpieza cleaning
linterna flashlight
lío problem, mess
liso, a smooth
lista stripe, list
lo de... that which has to do with . . .
  lo ocurrido that which has occurred
  lo que fuera, whatever it might be
  ¡lo que hay que ver! now I've seen everything!
  lo sucedido that which happened
lobo wolf
locura craziness
lograr to attain
los demás the others, all the others
losa piece of glazed earthen tile, stone or cement slab
luchar to struggle, fight

LL

llama flame
  llamita little flame
llanto tear, crying, sob
llave *f.* key (to door)
llenar to fill
  lleno, a filled, full
llevarse to carry (take) away, haul off

M

macaco ugly man; (kind of) monkey
macizo, a huge, solid
madera wood
madriguera den, hideout
mala gana angrily, grumpy
maldición *f.* curse, swear word
maldito damnation (swear word)
malicia mischief, slyness
mancha spot, stain
mango handle (of a flashlight)
maniatado, a hands tied
manija handle
maniobra maneuver activity
mano de pintura *f.* coat of paint
marca mark, brand (of product)
marcharse to go off
marrón *adj.* brown
martillazo hammer blow
masa dough batter, mass
mascullar to mutter
masticado, a chewed
mata de cabello clump of hair
mecha wick, fuse
  mechero flint lighter mechanism
mediante by means of
  medida measure, measurement
  medir to measure
  medirse to measure oneself
mejilla cheek
mendigo beggar, mendicant
menos mal thank heavens!
mente *f.* mind
mentir to lie
  mentira lie, falsehood
merecer to merit, warrant
merienda snack
meta goal, objective
meterse en to enter, slip into
metralleta machine gun
mezclado, a mixed
miedo fear
mientras tanto meanwhile
millar *adj.* thousand
mimbre *f.* wicker
minuciosidad *f.* minuteness, thoroughness
  minucioso, a minute, in detail
mirada glance, look
mismísimo, a very same
mitad *f.* half
moda fashion, mode
molestar to annoy, bother
montón *m.* pile, bunch
mortecino, a dim, fading
mosca fly
  mosqueo resentment, swatting (of flies)
mostrador *m.* counter
moto < **motocicleta** *f.* motorcycle
mudo, a mute, silent
mueble *m.* piece of furniture
muerte *f.* death
muñeca wrist
muñeco, a *n.* doll
muralla wall
murmullo murmur, babbling
muro wall

N

¡nanay! no way!
nariz *f.* nose
nata whipped cream, frosting
navaja knife
negar to deny, negate
ni corto ni perezoso without thinking twice
ni siquiera not even
nicho niche
niebla fog, mist
nieto, a *n.* grandson/granddaughter
niñato brat
no bien as soon as
nogal walnut
nombre de guerra *m.* secret name
noticiero news program
novieta girlfriend

nubecilla little puff, cloud
nuca back of head and neck
nudillo knuckle

O

o sea that is, in other words
obedecer to obey
obra work, project
ocultar to hide, conceal
  oculto, a hidden
oficio (work) position, job orientation
ojazos wide-eyed person
ojeras dark circles (under eyes)
¡ojo! beware! look out!
olor *m.* smell, odor
olvidarse de to forget about
opinar to opine, have an opinion
opuesto, a opposed, opposite
ordenar to order
  orden *f.* order, command
  orden *m.* orderliness
oreja ear (outer flap)
orfeón *m.* choral society
orificio orifice
orina urine
ortografía spelling
ovillo ball (of string)
oxidado, a rusted

paisaje *m.* landscape
pala shovel
palanca lever
pálido, a pale
palpar to touch, feel (with hands)
paradón good outcome, result
parar de + inf to stop doing (what is indicated by infinitive verb)
pared *f.* wall
parejita pair, couple (diminutive form)
párpado eyelid
parroquiano parishioner; frequent customer
parte *m.* report
partido game, match (in sports)
partirse to split open
pasadizo passageway
pasamontañas *m.* ski-mask
pasatiempos *m.* hobby
paso step
pasta noodles; slang for money
pastelería pastry shop, bakery
pastón *m.* a large sum (of money)
patalear to kick (as in flamenco dance)
  patada kick
patata potato (chips)
patita small paw or foot (of animal)
patrulla patrol
pe (see *de pe a pa)*
pedazo piece (of material)
pegar to hit; to stick
pelar to peel
peldaño step (of staircase)
pelea squabble, fight
peligroso, a dangerous
pellizcar to pinch
pellizco bit, small portion
pena grief, pain
pendiente pending, hanging on
penumbra shadow, darkness
perforar to perforate, drill
pergamino parchment-like material
permanecer to remain
personaje *m./f.* personage, character
pescar to catch, fish
pestaña eyelash
petardo cherry bomb, small explosive
  petardazo explosion of large cherry bomb
picar to bite, sting
pícaro rogue, scoundrel, con artist
pico pick (ax)
piel *f.* leather, fur
pieza piece
pila (small) battery

pillo rascal, scamp, scoundrel
pinta tint, hint of
pintadita dolled up
pipa pipe (for smoking)
pirata *m./f.* pirate
pisada footstep
pisar to step (on)
piso floor
pitar to whistle
  pito whistle
placa badge; sheet of plaster
placer *m.* pleasure
plancha flat iron
plano map
planta floor (of building)
  planta baja ground floor
plantar to plant
  plantar cara to stand up to
plazo period of time
pleno, a full, complete
poder to be able
  poder *m.* power
podrido, a spoiled, rotten
poli < **policía** *m./f.* cop, police force
polvo dust, powder
ponerse a + inf to start to + verb
  ponerse a gatas to get on all fours
  ponerse en jarras to stand with hands on hips (in shape of a two-handled pitcher)
  ponerse en pie to stand up
  ponerse moños to put ribbons (bows) in one's hair
por si las moscas just in case
portal *m.* main gate, door
portátil *adj.* portable
portería doorway; goal area (in soccer or football)
postre *m.* dessert
pozo hole, well
precario, a precarious
precavido, a careful
precipitarse to precipitate, move fast
prender to light, turn on
  prendido, a pinned
presa prey, victim
prevaleciente *adj.* prevailing, prevalent
prever to foresee
  previsto, a forewarned
prisa quickness, fast
probar to try, test
procedimiento procedure
procurar to try
promesa promise
proponer to propose
propósito purpose
psiquis *f.* psyche
puerta falsa secret door
pulla put-down, sarcastic statement
punzante *adj.* stinging, biting, sharp
puño fist

Q

¡qué va! nonsense!
quebrar to break
quedarse to remain (behind)
quejido groan
quemar to burn
querer to want
quitarse to take off, remove
quizá perhaps

R

rabia anger
rajado, a split (open)
rama branch
ranura crack, slot
rascarse to scratch oneself
rasgo feature, attribute
raspar to scratch
  rasguño scratch
  rasposo, a raspy
rastreo combing, raking over (an area)

rato short period of time
raya streak, ray
rebaño flock (of sheep)
recado message
reconocimiento reconnaissance, recognition
recorrer to move around
recursos resources
rodeado, a surrounded
redondo, a round
  redondito, a a bit rotund
refrán *m.* refrain, proverb
regalo gift
reír to laugh
  risa laughter
relato story
relleno, a stuffed, filled
remangarse to roll up one's sleeves
remedio recourse
renacuajo tadpole; small person
rendija crack
reñido, a surly, scolding
repantigado, a stretched out (on a chair)
reparto portion, share (of something)
replanchado, a carefully ironed
reponer to replace
representación *f.* (theatre) play
reptar to crawl
resbalar to slip, slide
resonar to sound, resonate
resplandor *m.* glitter, flash
respuesta answer, response
resultado result
resumir to summarize
retador, a challenging, defiant
retener detain, retain
retintín sarcastic tone
retirar to draw back, remove
retrazar to delay
retroceder to go back, recede
retrovisor, a rearview
revista magazine
riesgo risk
rincón *m.* corner (of a room)
riña argument, quarrel
robar to steal
  robo theft, robbery
rodeado, a surrounded
rojizo, a reddish
rollo boredom, "same ol' stuff"
romper to break
ronco, a hoarse
ronda round (of drinks)
roquero rock musician
roto, a broken
rozar to rub, rub against
ruido noise
rulo hair curler

S

saber to know
sabroso, a delicious, tasty
sabueso bloodhound, detective
sacar to take out, bring out
salado, a salted
salir to leave (from)
  salir a escape to leave quickly
saliente stepping stone
salto jump
  saltimbanqui tumbler, acrobat
saludado, a greeted
salvar to save
sanidad *f.* health
santiamén *m.* quickness (quick as a wink)
según according to
sello stamp
semejante *adj.* similar
sentido sense
señalar to indicate, point out
  seña signal, sign
serpentear to wind, twist
seto hedge
sien *f.* temple (of head)
sigilo stealth, secretness
silla de rueda wheelchair
silueta silhouette
símil *m.* simile
sinfín *m.* endless number

siniestro, a sinister, evil
siquiera even if, though
sobra over the amount, excess, excessive
sobre *m.* envelope
sobreentender to understand (implicitly)
sobresaltarse to be startled
socarrón *m.* sarcastic, ironic
soler + inf to customarily or usually + infinitive verb
sólido, a solid
soltar to let loose
  soltarse to let oneself loose
sombra shadow, dark figure
somnífero somniferous (to make unconscious)
sonar to sound, make a sound
  son *m.* sound, melody
soñar con to dream about
soplar to blow
sordina muted, softened (sound)
sordo, a deaf, muted
sorpresa surprise
sótano basement
sobrevivir to survive
suave soft
suavidad *f.* softness, smoothness
subido, a raised
súbitamente suddenly
suceder to happen
sucedido, a happened
sucesivamente succesively
suela sole (of shoe)
sueldo pay
suelo ground, floor
suelto, a loose
sueño dream, sleepiness
suerte *f.* luck
sufijo suffix
sujetar to fasten, hold
suma much, additive amount
superficie *f.* surface
suponer to suppose
supuesto, a supposed
sustantivo noun
susto fright
susurrar to whisper

T

tablero plank, sheet of wood
tacón heel
  taconeo rhythmic tapping of heels (in flamenco dance)
tal such
taladrar to drill
tan pronto como as soon as
tantear to grope, feel one's way
tapar to cover
  tapa covering, lid
tapiar to wall up
tararear to hum along in monosyllables
tardar to delay
tartamudear to stutter
tebeo comic book (in Spain)
techo ceiling, roof
teclear to press keys (typewriter, cash register)
tejanos blue jeans
telarañas cobweb
temblor *m.* tremor
temerse to be afraid
templado, a warm, moderate
tendido, a stretched
tenebroso, a gloomy
tener to have
  tener pinta to have an appearance
tenue *m.* tenuous, flimsy
ternura tenderness
terraza terrace, patio
terremoto earthquake
terreno terrain
tesoro treasure
testigo witness
tintorería dry cleaners
tira cómica comic strip
tirar to pull
  tirón *m.* a hard pull, tug
titubear to stammer, hesitate
tizar to blacken, smudge
toldo awning
tomarle el pelo to pull one's leg

torcer to twist
torear to fight bulls
tortazo hard slap
toser to cough
traducir to translate
tragar to swallow
  trago swallow, sip
trampilla trapdoor
trapo rag
tras behind, after
  trasero, a behind, (to the) rear
  traspasar to go (cross) over; to sell (a business)
trazar to draw, trace
trepar to climb
trébol *m.* four-leaf clover
tripa tripe, intestine
trofeo trophy
tronco tree trunk, log
tropa troop, group
tropezar to trip
truco trick
tubería system of tubes
tumba grave, tomb
tumbarse to fall down
  tumbado, a fallen down

U

ultratumba beyond the grave
umbral *m.* threshold, entrance
uña fingernail, toenail
uve *f.* the letter *v*

V

vaivén *m.* swaying to and fro, coming and going
vale, alright, okay
valer to be worth
  valioso, a valuable
vano, a vain
¡vaya...! what a . . .!
vecindad *f.* vicinity, neighborhood
vela candle; sail
vencer to win, conquer
venirse abajo to come down
ventaja advantage
ventilar to ventilate
verdura green vegetable
viga (construction) beam
vigilar to keep a vigil, look out
violáceo, a purple, violet color
visera visor
  visera de cartón cardboard visor
visita visitor
vocablo word
voluntad *f.* (good) will
voz *f.* voice
vuestro, a your (fam. pl.)

Y

yeso plaster

Z

zambullir to dive (into a pool)
zancada stride, long step
zapatear to tap dance
  zapateado *n.* tap dance
zumbar to buzz, ring